Prazos de validade

Também de Rebecca Serle:

Daqui a cinco anos
A lista de convidados
Um verão italiano

REBECCA SERLE

Prazos de validade

Tradução
LÍGIA AZEVEDO

paralela

Copyright © 2024 by Rebecca Serle

A Editora Paralela é uma divisão da Editora Schwarcz S.A.

*Grafia atualizada segundo o Acordo Ortográfico da Língua Portuguesa de 1990,
que entrou em vigor no Brasil em 2009.*

TÍTULO ORIGINAL Expiration Dates
CAPA Laywan Kwan
IMAGEM DE CAPA Henry Yee
LETTERING Joana Figueiredo
PREPARAÇÃO Renato Ritto
REVISÃO Marise Leal e Luiz Felipe Fonseca

Dados Internacionais de Catalogação na Publicação (CIP)
(Câmara Brasileira do Livro, SP, Brasil)

Serle, Rebecca
    Prazos de validade / Rebecca Serle ; tradução Lígia
Azevedo. — 1ª ed. — São Paulo : Paralela, 2024.

    Título original: Expiration Dates.
    ISBN 978-85-8439-390-9

    1. Ficção norte-americana I. Título.

24-200066   CDD-813

Índice para catálogo sistemático:
1. Ficção : Literatura norte-americana 813

Cibele Maria Dias – Bibliotecária – CRB-8/9427

Todos os direitos desta edição reservados à
EDITORA SCHWARCZ S.A.
Rua Bandeira Paulista, 702, cj. 32
04532-002 — São Paulo — SP
Telefone: (11) 3707-3500
www.editoraparalela.com.br
atendimentoaoleitor@editoraparalela.com.br

Para J. Finalmente.

Conte a verdade, conte a verdade, conte a verdade.
Elizabeth Gilbert

Um

A folha está em branco, a não ser por um nome: *Jake*. As quatro letras repousam sobre o papel creme com bordas pretas sem qualquer outra informação. É um bilhete importante. Sinto seu peso nas mãos.

Eu me deparei com o papel passado por debaixo da porta enquanto saía para o jantar. O jantar onde conhecerei o homem com quem passarei o resto da vida, se esse papel estiver mesmo certo. Isso nunca me aconteceu. Por outro lado, não é bem o tipo de coisa que costuma acontecer mais de uma vez mesmo.

O restaurante fica em West Hollywood, não muito longe de onde moro. Gosto de escolher o lugar. Se recebo o papel mais tarde, digamos, na sobremesa, e nele estiver escrito "duas horas", acho mais fácil encerrar tudo rapidinho.

O verão está no fim em Los Angeles, e as noites mais quentes não passam dos vinte e poucos graus. O vento vem ganhando força — um lembrete de tudo o que o outono pode trazer. Prendo o cabelo atrás da orelha e o jogo por cima do ombro ao subir os degraus e abrir a porta.

"Oi, Daphne!" A recepcionista do Gracias Madre, um restaurante mexicano descontraído em Melrose que serve comida vegana, me reconhece na mesma hora. O nome dela é Marissa, e sei que trabalhava como bartender no Pikey on Sunset antes de ele fechar. "Você chegou primeiro. Quer se sentar?"

O lugar é lindo — a área do bar se conecta, pelo canto, ao pátio grande e movimentado. Tem árvores em vasos por todo o restaurante, e os lustres de vidro projetam uma luz amarela e quente sobre o piso marrom-avermelhado num padrão de favos de mel.

Estou nervosa, e nunca fico nervosa. Vesti um cropped preto frente única e calça jeans. Sapato neon com salto baixo e fino. Provavelmente deveria ter escolhido outro look, talvez algo um pouco mais romântico, considerando que vai ser o último primeiro encontro da minha vida, mas eu já estava pronta para sair e agora já estava aqui.

"Quero", digo a Marissa. "Adorei seu macacão." Aponto para o macacão jeans que ela está vestindo. Não me garantiria com ele, mas Marissa com certeza se garante.

"É daquele brechó em Melrose de que você falou."

"Bem vintage", digo, enquanto seguimos para a mesa. "Lá só tem coisa boa."

Tem vários lugares em West Hollywood que vendem roupa usada, mas o Wasteland é o melhor. Não tenho muitos hobbies, porém garimpar é um deles.

Marissa me conduz até a mesa — nos fundos do restaurante, o que me permite uma visão panorâmica de todo o espaço —, e eu pego o celular.

Minha mãe, Debra, mandou mensagem. Você viu as fotos que eu mandei? Ela anda se dedicando à fotografia e se especializando em... mezuzás. Juro, não é brincadeira.

A resposta para a pergunta da minha mãe é não.

Mike, o proprietário do imóvel onde moro, também me mandou mensagem para perguntar se o pessoal da jardinagem veio hoje. Respondo com um emoji. Não também. Tem uma enxurrada de mensagens em um grupo que silenciei — de amigos da faculdade, para falar sobre a despedida de solteira de Morgan. Não vejo metade dessas pessoas há dez anos e fiquei até surpresa quando me incluíram. E tem uma mensagem de Hugo, meu ex (vamos chegar lá). E aí?

Ele ainda não chegou, respondo. E depois: Acabei de sentar na mesa.

Penso em contar a Hugo que, pela primeira vez, o papel estava em branco, mas decido não fazer isso. *Estou prestes a conhecer minha alma gêmea* parece uma coisa que se deve dizer pessoalmente ou pelo menos em uma ligação. A gente transmite coisas importantes demais em palavras de menos hoje em dia.

Quer sair pra beber depois? Vou encontrar a Natalie no Craig's, devo sair umas oito.

Tento lembrar quem é Natalie. A mulher que ele conheceu no Bikram? Ou a do Bumble?

Talvez.

Deixo o celular na mesa com a tela virada para baixo.

Cinco minutos se passam, depois dez. Peço um drinque — uma das variações de margarita que vejo no cardápio. Com agave e jalapeño defumado. A bebida chega e desce salgada e pungente.

Ele é desses que se atrasam, penso. Não é o ideal, mas acho que consigo conviver com isso. Uns cinco anos atrás, quando eu e Hugo terminamos, decidi começar a chegar sempre no horário. Sou muito boa nisso. Apesar do trânsito de Los Angeles. É tudo uma questão de aprender o ritmo da cidade em que você mora. Não dá para tentar chegar em WeHo saindo de Brentwood no meio da tarde. Wilshire está sempre em obras ali perto do Westwood Boulevard, então é melhor pegar a Sunset. Passar pela San Vicente, pela Seventh Street e pela Pacific Coast Highway é o jeito mais demorado de chegar a Malibu, mas também o mais bonito.

Recebo uma notificação no celular. Outra mensagem da minha mãe: ?

Meus pais moram em Palisades, Los Angeles, do outro lado da interestadual 405. Palisades é tipo Pleasantville — as casas novas poderiam muito bem ser de Cape Cod, e tem um shopping que leva datas comemorativas meio a sério demais. Também é o mais longe onde é possível morar sem sair da cidade.

Amei!, escrevo de volta, sem nem abrir o e-mail dela. Na semana passada, ela compartilhou comigo uma pasta no Dropbox cheia de fotos do rabino da sinagoga à qual frequenta — nem sempre totalmente vestido — tiradas no quintal da casa dela. Penso em explicar para a minha mãe que não é porque ela ama o judaísmo e também fotografia que todas as fotos que tira precisam ser influenciadas pela religião, e que sua identidade judia não precisa estar ligada à carreira que leva na fotografia, mas penso melhor e descarto a ideia. Não daria para explicar tanta coisa em duas mensagens, e quero me concentrar no que está acontecendo aqui e agora.

Aqui e agora.

Trinta e três anos, seis relacionamentos significativos, quarenta e dois primeiros encontros e um fim de semana prolongado em Paris.

E, bom, olha só aonde eu cheguei. À primeira e última folha em branco.

"Daphne?"

Levanto os olhos e vejo um homem que não é tão mais alto que eu, de cabelo castanho-grisalho e olhos castanho--esverdeados. Está vestindo uma camisa e calça jeans e traz uma única rosa vermelha na mão.

"Oi", digo. Faço menção de me levantar para — o quê? Abraçá-lo? Volto a me sentar.

Ele me entrega a rosa. Quando fala, sua voz soa agradável e familiar. "Tinha uma pessoa vendendo rosas lá fora e pensei que compensaria um pouco os quinze minutos de atraso."

Quando ele sorri, rugas se formam em volta de seus olhos.

"Bem pensado", digo, aceitando a rosa. "O que te atrasou?"

Ele balança a cabeça, como se dissesse *Você nem imagina...*

"Está com tempo?", Jake me pergunta.

Eu o avalio de cima a baixo. Real, em carne e osso, bem ali, na minha frente. Tem uma marca de nascença sob o maxilar, uma sarda perto do olho esquerdo. Noto todos esses mínimos detalhes que contam a história de uma pessoa, que constituem esta pessoa em particular, a pessoa certa para mim.

"Muito", digo. "Todo o tempo do mundo."

Dois

Tudo começou quando eu estava no quinto ano, com um cartão-postal. Tinha acabado de chegar em casa do treino de futebol e o encontrei na escrivaninha do meu quarto, em cima do meu exemplar cheio de orelhas de *Jessica Darling*. *Seth, oito dias.* O remetente do postal era de Pasadena — luzes brilhantes, cidade grande. *Hum.*

Mostrei aos meus pais. "O que é isso?", me lembro de ter perguntado.

Eles não sabiam. Eram pessoas ocupadas na época. Minha mãe trabalhava para uma organização judaica sem fins lucrativos, e meu pai era chefe de vendas de um sistema novo de filtragem de água, responsável por toda a Costa Oeste. A empresa quebraria cinco anos depois, e meu pai passaria alguns anos na indústria farmacêutica antes de se aposentar de vez. Os dois sempre haviam sido relativamente frugais, de modo que os altos e baixos financeiros não pareciam afetá-los como afetava a maioria das pessoas. Pelo menos não que eu percebesse. Levávamos uma vida confortável. Foi só muito depois que acabei percebendo que meus pais haviam feito a escolha deliberada de viver dentro das possibilidades que lhes eram impostas em uma cidade que incentivava a ascensão. Tínhamos a menor casa na melhor rua, o que permitia que eu estudasse em uma escola pública excelente. O mais importante para a minha mãe era ter espaço para cultivar um jardim — e suas famosas rosas, que florescem de forma contínua de março até outubro no Sul da Califórnia. "Quem é Seth?", meu pai perguntou enquanto refogava uma cebola. Ele sempre dividira as atividades de cozinha e de limpeza de igual para igual em casa. Quando meus avós paternos chegaram aos Estados Unidos, meu avô abriu uma delicatéssen kosher. Todo mundo precisou ajudar, e tiveram que aprender a trabalhar atrás do balcão e a lavar louça — inclusive meu pai.

Pensei a respeito. Seth. Eu conhecia Seth. Ou, pelo menos, conhecia *um* Seth. Era um ano mais velho que eu na Brentwood. Também jogava futebol, e muitas vezes nos víamos no campo. Às vezes, quando sobrava um Gatorade azul depois do treino, ele dava pra mim. Eu nem gostava de Gatorade azul — por mim, eu sempre tentava evitá-lo porque deixava a língua em um tom de roxo bizarro —, mas gostava quando Seth me dava um.

"Um menino do futebol, acho."

Meu pai se virou e apontou a colher para mim. "Então fala com ele."

No dia seguinte, depois do treino, nada de Gatorade azul. Quem tomou a iniciativa fui eu.

"Oi, Seth."

Ele era alto, tinha olhos azuis e tantas sardas quanto uma joaninha tinha pintinhas pretas. Além disso, era ruivo.

"Oi."

"Foi você que me mandou isso aqui?" Mostrei o cartão-postal de Pasadena para ele.

Seth deu risada. "Não", disse. "Que engraçado."

"Por quê?"

Ele pareceu genuinamente perplexo. "Sei lá. É um cartão-postal."

Não consigo explicar como passamos dessa conversa fascinante a ele sendo meu primeiro namorado, mas foi o que aconteceu. Seth perguntou se eu queria ir com ele ao Bigg Chill, e saímos por uma semana e um dia. O término foi mútuo. A gente funcionava melhor como amigos, mesmo.

Daquele momento em diante, as coisas seguiram sendo assim. Às vezes era um cartão-postal, às vezes uma folha, e uma vez até o papelzinho de dentro de um biscoito da sorte. Às vezes o bilhete vinha após nos conhecermos, ou imediatamente antes, e no caso de Hugo veio seis semanas depois de conhecê-lo. Porém, sempre me dizia a mesma coisa: o tempo que passaríamos juntos.

Até esta noite, quando não indicou qualquer duração.

"A margarita está boa?", pergunta Jake. "Sou mais de vodca."

Vodca. Interessante. "Está, sim", digo. Inclino a cabeça para o lado. "Picante."

Jake dá risada. "Está tentando me deixar desconfortável? Kendra me disse que às vezes você faz dessas."

"Não", digo. "Estou?"

Ele olha na minha direção. "Um pouquinho." Pigarreia. Parece ajeitar uma gravata invisível. "Mas tudo bem."

Quem me falou do Jake foi Kendra, uma colega. Ou ex-colega. Trabalho para uma produtora famosa, de quem você provavelmente nunca ouviu falar, mas que fez vários filmes que já assistiu. Ela se chama Irina. Eu entrei no lugar de Kendra.

"Acho que você ia gostar de conhecer meu amigo Jake. Ele tem trinta e cinco anos, está solteiro há pouco tempo — mas não naquele desespero para superar a ex — e também trabalha com entretenimento", Kendra me disse uma vez enquanto almoçávamos no Grove. O shopping aberto de Los Angeles parece o cenário de um desses filmes de datas comemorativas nos doze meses do ano. Tem um trem do Papai Noel no Natal, um coelhinho gigante na Páscoa, um gazebo tipo o de *Gilmore Girls* o ano todo. E sempre tem luzinhas e uma fonte jorrando ao som de músicas do Frank Sinatra. O que começou como piada — "Quer ir almoçar no Grove?" — logo se tornou tradição. Nós duas amamos comer na Cheesecake Factory.

"Ator?", perguntei.

"Executivo."

"Certinho demais."

"Estável", ela me corrigiu. Levou uma batatinha à boca. "E ele também é bonitinho."

"Ou seja, não é gato."

"Quem falou? 'Bonitinho' pode ser sinônimo de gato."

"Talvez de fofo; mas acho que só vai até aí. Com certeza não é sinônimo de gato."

"Bom, mas não é legal se casar com um cara gato, mesmo."

Imaginei que, se fosse para ser, eu logo descobriria.

"Tá", falei. "Beleza. Pode marcar."

Não é que eu não queira me casar ou mesmo ter um relacionamento sério com alguém, mas é que essa decisão nunca é minha. Nesse âmbito da minha vida, tem sempre alguma coisa tomando as decisões — você pode chamar de universo, destino, tempo enquanto força cômica. Só que a minha vida não é como a das outras pessoas. Vivo seguindo regras diferentes.

Jake também pede uma margarita, e concordamos em dividir tortilhas e guacamole, bolinhos de "siri", que na verdade são feitos de palmito, fajitas de cogumelos e uma porção de arroz que vem com uma quantidade preocupante de folhas de coentro ainda no talo.

"Acha que a gente devia pedir o ceviche de toranja?", pergunta Jake.

"Melhor não", respondo. "Não curto toranja."

Assim que Marcus, o garçom, vai embora, Jake pega um caderninho.

"Desculpa", ele diz. "Tenho esse lance de que preciso anotar sempre que vejo alguém usando Doc Martens."

"Tá falando sério?"

Jake balança a cabeça, debruçado sobre o caderninho. "Sim. Comecei na faculdade, meio que de piada, mas nunca parei."

"Qualquer modelo de Doc Martens?"

Jake olha para mim, absolutamente sério. "Só botas pretas."

Cuspo a margarita. Uma combinação de suco de limão e tequila jorra da minha boca para o rosto dele. Vejo as gotas voarem, moléculas em câmera lenta. Arregalo os olhos. Levo a mão à boca.

"Desculpa."

Ele enxuga embaixo do olho com o indicador. "Foi merecido. Sei que é um lance bem esquisito."

Passo a ele um guardanapo de papel. "Gosto de esquisitice", digo.

Ele aceita o guardanapo e enxuga o rosto. "Ah, ainda bem, porque esconder meu rabo por mais de uma hora é bem desconfortável."

"Você é engraçado", digo. "Estou me divertindo, de verdade."

Jake amassa o guardanapo, depois fecha o caderninho e o enfia no bolso. "Excelente", ele diz. "Porque eu também."

Ao longo do jantar, descobrimos que somos ambos fãs de Shakespeare, adoramos maçãs-verdes, mas não Fuji, e funcionamos melhor à noite. "A maioria das coisas foi feita para quem acorda cedo", diz Jake. "O trabalho, a academia, a feira. Até quem só corre na rua em LA julga quem sai para caminhar depois das nove." Ergo a bebida. "Total! Total!"

"Devia existir uma feira noturna pra gente como a gente, e quem chega por último fica com as melhores coisas."

"Estou gostando desse seu jeito de pensar."

"Que bom." Ele sorri. "E aí, como é o seu trabalho?"

É a segunda margarita de Jake, e as bochechas dele já estão coradas. É fofo. Faz um tempo que não encontro um homem fraco para bebida.

Faço um pouco de tudo no trabalho. É caótico, às vezes tóxico, divertido, irritante e o mais importante: flexível. Eu descreveria minha chefe exatamente dessa maneira também.

"Irina é meio maluca", digo. "Mas gosto dela. Tipo, talvez seja melhor dizer que eu *entendo* ela."

"Kendra me disse uma vez que Irina a fez separar todos os amendoins de um pacote de mix de nozes. Por que ela não comprou só amendoins?"

Dou de ombros. "Ela gosta do retrogosto de mix de nozes. O amendoim fica com um gosto diferente mesmo."

"Então você também separa os amendoins pra ela?"

Dou risada. "De jeito nenhum", digo. "Kendra ainda é contratada só pra fazer isso."

Para ser sincera, eu nem achava Irina tão maluca assim. Ao longo dos últimos três anos, nós duas tínhamos desenvolvido uma dinâmica. Eu sabia o café que ela pedia em todas as redes do planeta (café com leite de aveia na Starbucks, espresso com espuma de leite de aveia na Coffee Bean, café coado e batido com leite de aveia no Peet's), e que todos os vegetais que ela comprava deveriam ser orgânicos, mas caso não fossem ela não se importaria. Que Irina gostava de usar milhas para fazer upgrade, mas se não desse para ter certeza de que daria certo era melhor reservar uma passagem na primeira classe logo de cara. Que reuniões até podiam ser marcadas no horário da manhã, porém nunca correriam bem, e que ela só se hospedava em hotéis com academia. Em troca, Irina não fazia perguntas quando eu pedia folga na sexta-feira ou se chegava para trabalhar na segunda às onze da manhã.

Tínhamos o unicórnio dos relacionamentos de Hollywood: funcional, entre duas mulheres e com uma dinâmica de poder rolando.

"Ela só tem suas chatices", digo. "Mas todo mundo tem, né?"

Jake pareceu levar meu comentário mais a sério do que me parecia necessário. "Acho que eu não tenho, não", disse ele, afinal.

"Sei."

"Você está me julgando."

Pego uma tortilha e ponho molho salsa em cima. "Não estou, não."

"Tá sim", ele diz. "Tá fazendo aquele lance com as sobrancelhas."

"Que lance?"

"Tem um lance", responde ele. Aponta para o espaço no meio das próprias sobrancelhas e as movimenta.

Não consigo segurar o riso e meio que engasgo com o molho. Tomo um golão de água.

"Estou julgando você mesmo", digo, depois de engolir.

"Eu sei", fala Jake. "Mas não me importo tanto quanto seria de imaginar."

"Por quê?"

Ele apoia os cotovelos na mesa e se inclina para a frente. "Porque acho que você vai me deixar te conhecer melhor."

Penso no papel em branco na minha bolsa.

"Você acabou não contando por que chegou atrasado."

"Meu carro quebrou", ele diz.

"Sério? Isso nem acontece."

"Carros quebrarem? Garanto que acontece o tempo todo."

"O que foi, furou o pneu?"

"Foi um problema no carburador."

"Nem sei o que é isso."

De repente, Jake parece desconfortável, e eu me pergunto se estou pressionando demais, cutucando onde não deveria. O carro é claramente uma desculpa. Com a informação que tenho a partir do papelzinho em branco, sinto que peguei uma intimidade que talvez não seja apropriada ainda. Esse é nosso primeiro encontro.

No passado, já precisei me atentar a isso. Sei o que alguém vai significar para mim antes da outra pessoa, antes do que deveria. E quem se importa com o carro dele?

"Enfim, esquece", digo. "Pelo menos você dirige. Agora parece que todo mundo só anda de Uber em Los Angeles. Gosto da ideia, mas fico meio enjoada."

Jake abre um sorrisinho. "Você pode se sentar no banco da frente."

"Não gosto de ficar jogando conversa fora."

"Nem eu", ele diz. "Então acabo sendo mal-educado e fico falando no celular no banco de trás."

"Duvido."

Assim que falo isso, meu celular começa a vibrar em cima da mesa. Eu o pego e o enfio na bolsa, mas consigo ver que é Hugo. Será que já são nove horas? Duas horas passaram rapidinho.

"Vou pedir a conta", diz Jake.

"Sem pressa", falo. "É meu melhor amigo. Ele só quer saber como foi o encontro."

"E o que vai dizer a ele?", pergunta Jake, gesticulando para o garçom.

Espero ele voltar a se virar para mim antes de responder. "O panorama geral é ótimo. Rola um fetiche por pés. Vale uma avaliação mais profunda."

Jake pisca devagar na minha direção e sinto algo se desenganchando dentro de mim, como um colar caindo. Para uma noite tão agradável, não é uma sensação muito satisfatória.

"Que bom que Kendra apresentou a gente", ele diz. "Não costumo sair com mulheres que se conhecem tão bem como você."

"Sinto que isso foi um elogio a mim, mas um insulto ao meu gênero."

"Não, claro que não", responde Jake, com toda a sinceridade. "É que na verdade sou eu que não saio com muitas mulheres, mesmo."

Reprimo uma risada quando o garçom chega com a conta. Jake alcança o cartão no bolso de trás. Faço menção de pegar a carteira também, porém Jake me impede pondo a mão em cima da minha.

"Por favor", diz ele. "É por minha conta."

Penso em fazer uma piada, como faria normalmente. Algo sobre ter pagado com o prazer da minha companhia. Em vez disso, só agradeço.

Jake me acompanha até meu carro — um Audi prata, modelo 2012, que chamo carinhosamente de Sullivan. Eu o comprei de uma atriz que tinha estrelado uma sitcom de sucesso longevo na Fox e acabou indo para o Canadá assim que a série foi cancelada.

Andando ao lado dele, percebo que Jake é um pouco mais alto do que eu achava. Ou talvez seja só uma questão de presença. Ele é caloroso de uma maneira que o faz parecer maior ou mais espaçoso. No modo como puxa minha cadeira, segura a porta do carro, apoia a mão delicadamente sobre minha lombar quando passamos diante de um carro esperando para atravessar a rua.

Chegamos ao parquímetro. Está uma noite deslumbrante — clara, quente e fresca, tudo ao mesmo tempo.

"O meu é esse", digo. "Sullivan."

Jake avalia o carro. "Posso chamá-la de Sully?"

"Chamá-lo", eu o corrijo.

Jake ergue as mãos. "Não gosto de presumir nada."

Então ele leva a mão ao meu cotovelo. "Será que a gente pode se ver de novo?"

Assinto com a cabeça. "Por mim, sim."

Jake não hesita — aproxima o rosto do meu e beija minha bochecha. Os lábios dele são macios, assim como a maioria dos lábios, imagino.

"Cuidado na volta", ele diz.

"Não é o meu carburador que está com problema."

Ele revira os olhos. "Então tá, boa noite."

Jake olha para um lado e para o outro, depois atravessa correndo e começa a subir a rua antes mesmo que eu entre no carro. Abro a bolsa. Como eu imaginava, tem duas ligações não atendidas de Hugo e uma mensagem: Deve estar bom. Tô no Laurel. Vc vem?

Então pego o papel. Só agora me ocorre que não devia tê-lo enfiado na bolsa. Eu deveria preservar a integridade dele. Afinal, é o último. Aquele que estive esperando. Não deveria ser dobrado ou amassado.

Por sorte, aguentou bem. Só está com umas migalhas de granola presas, que eu passo os dedos para limpar.

Jake, está escrito. Nada mais, nada menos.

Acabou de acabar, escrevo. Chego em vinte.

Quero contar a alguém, e só posso contar a ele. Daphne Bell finalmente encontrou seu par.

Três

HUGO

TRÊS MESES

A gente se conheceu na aula de atuação, ou melhor, do lado de fora da aula de atuação. Nem eu nem ele estávamos lá para atuar. Eu tinha ido buscar um jovem ator que havia sido recentemente contratado para um programa novo no canal para o qual eu trabalhava como assistente. Precisávamos estar no Warner Bros. Studio em quinze minutos, mas a aula ainda estava rolando. Se saíssemos naquela hora, chegaríamos com dez minutos de atraso.

Eu estava parada na porta do estúdio em Hollywood, passando o peso do corpo de um pé para o outro e olhando o relógio sem parar, quando um cara que parecia estar fazendo um teste para interpretar James Dean apareceu ao meu lado.

"Você está atrasado", eu disse a ele. "A aula já está quase no fim."

Ele havia chegado em um Porsche conversível. O carro estava estacionado de qualquer jeito ao lado de Sullivan.

"Vim pegar alguém", disse ele. "Não sou ator."

Dei risada. Por que, sinceramente? Eu nunca tinha visto alguém que se parecesse mais com um ator do que ele. E na época eu passava a maior parte das minhas horas acordada vendo gravações de audições.

Ele continuou olhando na minha direção. "Estou tentando não receber isso como uma ofensa", respondeu.

"Você está de camisa branca e jaqueta de couro."

Ele baixou os olhos para o próprio corpo, avaliando. "Você devia ter visto o que eu estava usando antes desta roupa aqui."

Notei a altura dele. Não sou uma mulher baixa, com meu um e setenta, mas ele era muito mais alto que eu. Do tipo que me obrigava a inclinar a cabeça para trás e olhar para cima.

"E você?"

"Também não sou atriz."

"Imaginei", disse ele. Sorriu para mim. Tinha covinhas enormes. "Considerando seu desdém pela profissão."

"Eu nunca disse que desdenhava dessa profissão."

Ele tirou os olhos do chão e voltou a olhar para mim por um momento. "Nem precisou. Meu nome é Hugo, aliás." Ele estendeu a mão.

"Daphne."

Os dedos dele eram frios e compridos. Tinha um anel de prata no indicador.

Então, de repente, as portas se abriram e a classe saiu.

Meu ator, Dionte, era o primeiro. Um garoto de vinte e dois anos com um sorriso que fazia com que eu me sentisse meio Mrs. Robinson. "Estamos atrasados, eu sei. Ele não deixou a gente sair antes do estudo de cena."

Dionte me puxou pelo cotovelo na direção do carro. Mas não antes que eu conseguisse ver uma morena esguia nos braços de Hugo.

Claro, pensei.

Encontrei com ele outra vez cinco semanas depois. Àquela altura, eu era figurinha carimbada na escola. Dionte não dirigia — o pai havia morrido em um acidente de moto quando ele tinha só doze anos, o que o afastava do volante. Assim, toda terça e quinta eu ia buscá-lo na aula para levá-lo ao set.

Estávamos no começo de junho, e o clima em Los Angeles passava de jeans e camiseta para short, regata e garrafa de água.

Hugo já estava no estacionamento quando cheguei. Usava uma camisa branca e azul e mocassins. Parecia o George Clooney.

Não sabia se Hugo ia me reconhecer, porém assim que saí do carro ele acenou na minha direção.

"Daphne, oi."

"Hugo, né?"

Ele abriu um sorriso largo. "Ainda não sou ator. Embora agora eu esteja utilizando reconhecimento de fala pra mandar mensagens, isso conta?" Ele ergueu a mão. "Síndrome do túnel do carpo."

"A lesão da modernidade." Pendurei a bolsa no ombro e dei alguns passos em direção à porta.

"Quem você veio buscar?"

"Um ator."

Ele pareceu achar graça.

"É pro trabalho. Sou assistente na CBS. Ele está em uma série nova."

Hugo assentiu. Não perguntei as motivações dele para estar ali porque me pareciam óbvias.

"Você gosta?"

"De vir buscar o ator?"

Hugo deu risada. "Não, da série."

"Não vi."

As portas se abriram. Dionte saiu, de novo preocupado com o horário. Deixei que ele entrasse no carro enquanto voltava devagar. Estava a meio caminho de abrir a porta quando vi uma garota enlaçando o pescoço de Hugo com os braços. Não era a mesma de cinco semanas antes. Essa era loira. E tinha um piercing no umbigo.

"Estamos atrasados?", perguntou Dionte, do banco do passageiro.

"Estamos, mas a boa notícia é que você pode botar a culpa em mim", respondi para ele. "É pra isso que estou aqui. Sou seu escudo."

Na terça seguinte, o Porsche estava estacionado direitinho na vaga, com Hugo sentado no capô. De jeans e polo preta, um pé apoiado no pneu e outro no ar.

"Está fazendo rodízio?", perguntei.

"Oi", ele disse. Parecia feliz de verdade em me ver, embora o rosto dele estivesse sempre daquele jeito. Animado. Dava para ver a velocidade com que a mente dele trabalhava pelas emoções que passavam por seu rosto. "O que quer dizer com isso?"

"Que atrizes que fazem essa aula parecem ser seu tipo."

Ele olhou para a porta e depois para mim. "Talvez eu que seja o tipo das atrizes que fazem essa aula."

"Essa fala não é sua." Tranquei o carro.

"Jack Nicholson", ele disse. "Eu sei."

Senti um friozinho na barriga, o que me irritou. Ele conhecia Nancy Meyers.

"Estou começando a achar que a gente é tipo pais que se encontram na saída da escola", falei.

"Em primeiro lugar, preferia que você não tivesse me colocado no papel de pai nessa. Em segundo, eu não vim buscar ninguém hoje. Na verdade, preciso me mandar antes que a aula acabe. Cassandra está me odiando pra cacete no momento."

"Jura?", perguntei, sem emoção na voz.

"Você é engraçada."

"E o que veio fazer aqui, então?"

Hugo tirou o pé do pneu e se levantou. "Vim ver você, óbvio."

Dei risada. Ele arregalou os olhos. "Não acredito."

Hugo assentiu. "Pois acredite."

Ele era gato. Alto, moreno, bonito. Sabia se vestir e era claramente bem-sucedido. Mas também era arrogante, o que era tão óbvio quanto o perfume que me chegava em ondas. E a arrogância tendia a se transformar depressa em crueldade. Por isso eu não estava interessada.

Fora que não tinha recebido nenhum papel. Nenhum nome, nenhum período de tempo.

"Estou lisonjeada, acho, mas não sou seu tipo", disse.

"Por que não?"

"Confia em mim."

"Ah, eu confio, só estou curioso."

Dionte saiu. Sozinho. "O estudo de cena ainda vai demorar, mas Tracy disse que eu podia sair." Ele olhou para Hugo. "E aí, cara?"

"E aí?"

"Não queria deixar o pessoal esperando. Julie odeia que eu me atrase." Dionte seguiu na direção de Sullivan.

Hugo foi abrir a porta para mim. Entrei e ele a fechou, com as mãos apoiadas na janela aberta.

"Te acho divertida. E gostosa", disse Hugo, se debruçando. Senti que corava, mas procurei ignorar. "Tá, será que pode pelo menos me dar o seu número?" Ele balançou o celular para a frente e para trás através da janela aberta.

Olhei para Dionte no banco do passageiro, que usava um roteiro para parecer ocupado e fingia não ouvir o que claramente ouvia.

"Não sou como as outras pessoas", disse.

Hugo estreitou os olhos para mim. "Eu sei."

Dei a partida. Hugo se afastou da porta.

"Ei", ele disse. "Espera aí. Vixe. Parece que você levou uma multa." Hugo tirou o papel dobrado do limpador de para-brisa e me entregou.

Eu o abri, usando o corpo para esconder as palavras. *Hugo, três meses.*

Não sabia dizer se me sentia aliviada ou furiosa. Meu último relacionamento, que durara seis meses, havia terminado quatro anos antes. Desde então, nenhum rolo passara de um fim de semana prolongado, no máximo.

Porém ali estávamos nós. No início de nossos noventa dias.

Apontei para o celular dele.

"Me dá aqui", disse.

Quatro

Quando chego, Hugo está em uma mesa de canto no pátio. Entro no Laurel Hardware, no Santa Monica Boulevard, aceno para a recepcionista e desço os degraus até os fundos. É um espaço lindo — com mesas espalhadas e luzinhas penduradas nas árvores. Casual e divertido, com uma comida incrível. "Pirulitos" de couve-de-bruxelas, arroz com pato frito e o melhor salmão que já comi.

Espero ver Natalie ao lado dele, mas tem três caras na mesa, um dos quais reconheço como o gerente do Laurel.

"Você chegou", diz Hugo. "Ótimo."

Ele se inclina e me dá um beijo na bochecha. "Daph, estes são Sergio e Irwin. Você já conhece o Paul." Hugo acena com a cabeça para o gerente, e eu aceno de leve. "Essa é a Daphne."

Eu me sento. Hugo me passa um copo de tequila soda, tequila com água gaseificada. Que é o que eu normalmente tomo tarde da noite. E que agora ele também toma.

"Já estamos indo", fala Irwin. "Mas olha, Hugo, se você falar com Alexandra e ela concordar, a gente pensa a respeito."

Hugo faz que sim com a cabeça. "Acho que é uma ótima oportunidade, sério."

"Avisa a gente", diz Sergio, virando-se para mim. "Muito prazer."

"O prazer foi meu."

Eles vão embora, e Paul volta ao trabalho.

"Vocês estavam falando sobre o 820 do Sunset?"

"É. Eles ficaram uma noite a mais pra visitar o espaço hoje. Cancelei o jantar com Natalie. Ela está puta comigo."

"Qual é a novidade?"

Hugo olha sério para mim. "Não começa. O dia foi difícil."

"Achei que eles estarem aqui fosse uma notícia boa." Aponto na direção por onde os homens haviam acabado de sair do pátio.

"Alexandra nunca vai concordar. Ela acha que imóveis comerciais são coisa do passado, e eles sabem disso. Estão só fazendo um joguinho."

Alexandra é a sócia de Hugo. Já a vi algumas vezes. É uma ex-oficial da Marinha que se tornou um gênio das finanças e de alguma forma ainda tem tempo para os três filhos. Do que eu já consegui entender do trabalho do Hugo, ele convence homens muito ricos (como Sergio e Irwin) a investir em prédios muito caros na esperança de que o mercado esteja sempre em alta. O número 820 do Sunset Boulevard é a menina dos olhos no momento.

"E então?", ele pergunta. "Como foi?"

Tomo um gole da bebida; está forte. Mas eu não sou fraca. Já tomei duas margaritas no jantar e ainda estou só agradavelmente altinha.

"Diferente", falo.

Hugo se ajeita e passa um braço por cima do encosto da cadeira vazia ao seu lado. "E o que *isso* significa?"

"Hugo... o papel estava em branco."

Ele é o único que sabe sobre essa peculiaridade da minha vida amorosa, essa estranha anomalia no universo cósmico de que sou destinatária e participante.

"Tá zoando?"

"Estou falando sério." Consigo sentir meu coração batendo nos ouvidos. Não me permiti pensar no que isso significa, não de verdade, não plenamente. Ainda não.

Vejo o rosto de Hugo reagir. A surpresa dá lugar à confusão, que dá lugar a algo que prefiro não identificar. "Nossa."

"É", eu digo. "Nossa. Ele parece ótimo. Chama Jake. É executivo do ramo da televisão na Warner Brothers."

"Claro que é." Hugo acha que todo mundo que trabalha com entretenimento é "broxa". *É uma indústria cheia de gente que está mais ou menos disponível das onze às quatro e acha que está negociando a paz mundial.*

"Ei", digo, e aponto para ele. "Pega leve."

"O que você acha que significa?"

Dou de ombros. "Só pode significar uma coisa, né?"

Hugo dá de ombros. "Eu meio que achava que, se isso fosse acontecer, aconteceria em, sei lá, uns quarenta anos."

Tomo mais um gole da bebida. "Acho que não vou ter um segundo casamento."

"Em branco", ele diz. "Tipo pra sempre?"

Pigarreio. "Ou até o tempo acabar. Depende do ângulo que a gente encara."

"Que animador." Hugo se inclina para a frente. Pega o copo. Está bebendo uísque, se escocês ou não, não sei. Não vejo diferença. "Você gostou dele, Daph? É o tipo de cara que imaginava pra você?"

Penso a respeito. Só percebi que havia um padrão nos bilhetes quando já estava no ensino médio. Após o terceiro, tudo ficou claro — o que significavam, o que estavam me informando. Considerei os bilhetes anteriores e pensei "hum", e depois "ah". Mas eu ainda queria esse lance de amor eterno. Ainda queria meu par perfeito, meu marido sorridente. Imaginava o vestido de tule branco com véu de renda e um homem legal e bonito, que meus pais amavam... por que não?

Mas, conforme o tempo passava, a fantasia foi ficando meio datada. Tentei atualizá-la, mantê-la interessante. Às vezes fugíamos para nos casar em Capri. Às vezes íamos para Las Vegas, e eu estava usando um vestido branco curto. E o homem passou de algo amorfo para uma coisa mais específica, detalhada. Mariah Carey e Frank Sinatra ocuparam o lugar das músicas da Disney, e por sua vez cederam espaço a Van Morrison. Que foi? Eu queria uma história de amor *com música*.

Agora, sentada aqui com Hugo, falando sobre Jake, não consigo evitar de sentir que ele é um pouco um retrocesso, que pertence a uma Daphne que ainda não compreendia muito bem a vida. Ou que talvez acreditasse em coisas maiores do que fosse permitido para qualquer mulher de trinta e três anos.

"Ele é bem legal", digo.

Hugo desdenha. "*Legal?*"

"A gente não valoriza ser legal o suficiente."

"Você deve ter razão." Hugo deixa a bebida de lado. "Olha, estou feliz por você. Quando vou conhecer o cara?"

"Acho que seria melhor a gente sair uma segunda vez antes."

"Antes de revelar que ele é sua alma gêmea e que seu melhor amigo é *assim?*" Hugo abarca o próprio corpo com um gesto.

"É, tipo isso."

Sobre a mesa, o celular dele toca.

"É ela."

"Atende."

Ele atende. "Oi, linda, tudo bem?"

Consigo ouvir a resposta dela. Não consigo entender o que está falando, mas o tom do outro lado é claro: ela não está feliz.

"Eu sei, olha... ei. Ei." A voz de Hugo se abranda. "Desculpa. Me escuta. Sinto muito, de verdade." Ele me dá as costas e protege o celular com a mão, muito embora não faça diferença: continuo ouvindo tudo. "Eu vou compensar, prometo." Hugo fica em silêncio por um momento. "Sim. Eu sei, linda. Eu sei. Tá. Tá bom. Tchau." Ele desliga.

"Até que correu bem, né?"

Hugo balança a cabeça e vira o restante da bebida. "Sei lá. O trabalho anda meio exaustivo e caótico demais. Sinto que não tenho tempo nem de respirar."

"Você gosta disso."

Hugo olha para mim. "Gosto?"

"Desculpa, mas você está sugerindo que preferia estar em casa com Natalie neste exato momento do que convencendo aqueles Tico e Teco a entrarem num negócio de duzentos milhões de dólares?"

Hugo sorri. "Tem razão."

Ergo o copo para ele. "Ao seu futuro", digo.

"E ao seu. Que parece radiante."

Penso em Jake. No beijo que me deu na bochecha.

"Radiante ou radioativo?"

Hugo pensa a respeito. "Passar a vida com você me parece um bom negócio."

Cinco

No nosso primeiro encontro, Hugo me levou ao Tower Bar, um restaurante famoso em um hotel famoso no Sunset Boulevard. É um hotel das antigas, onde tarde da noite celebridades desfrutam de jantares reservados e editores da *Vogue* se reúnem. Irina está sempre lá. Dimitri Dimitrov foi maître do lugar por mais de uma década — inclusive publicaram uns artigos a respeito quando ele se aposentou, em 2018. Dimitrov sabia o nome de cada cliente, bem como a mesa preferida de cada um e o que costumava pedir. Me lembro de ficar pensando que Hugo devia ser um frequentador assíduo.

Nós nos sentamos a uma mesa na área externa, perto da piscina. O pátio é lindo, com luzinhas no alto e, em vários sábados, uma banda toca jazz, Frank Sinatra e Bing Crosby.

"Romântico", eu disse a ele quando nos sentamos. Era perto de oito da noite e o sol estava quase se pondo, o glamour do lugar ganhando vida na escuridão crescente.

"Esse é um dos meus lugares preferidos", Hugo me disse. "Faz dez anos que venho aqui; nunca envelhece. Quando alguém diz que Los Angeles não tem a magia de Nova York, trago aqui."

Foi então que pensei na idade de Hugo. Eu costumava sair com homens da minha idade ou um pouco mais novos

— gostava que fossem mais despretensiosos, que não tivessem um ideal de parceira na mente à altura da qual eu precisaria estar. Hugo, no entanto, era pelo menos uns cinco anos mais velho. Sete, como eu viria a descobrir depois. Eu sabia que não era o tipo de mulher com quem ele saía, o que me deixava insegura — ou, mais precisamente, nervosa. "É lindo aqui." Atrás da piscina dava para ver a linha do horizonte de Los Angeles, uma cidade que flutuava nas nuvens. Palmeiras, torres e casas, lado a lado. Essa é a beleza de LA — a extensão, a profundidade, um buffet horizontal de experiências. Em Nova York, tudo acontece acima de todas as outras coisas — energia e expectativa empilhadas feito uma torre de dominós. Aqui, era necessário procurar pelo que viria a seguir.

Sempre que eu recebia o papel, sentia um negócio diferente — resignação. Sabia o que estava por vir. Às vezes, sentia que tinha hackeado o sistema. A parte mais difícil da dor do término não era a imprevisibilidade? Como era possível se sentir totalmente conectada a uma pessoa num momento — vivendo em uma bolha com ela, enquanto o mundo lá fora parecia uma aquarela — e, no seguinte, parecer que não a conhecia? Amigos sempre me disseram sobre como não esperavam que o término fosse acontecer. Mas eu sempre esperava. Não havia necessidade de mergulhar de cabeça se eu sabia que não ia dar em nada. Eu tinha noção de quando investir e por quanto tempo. E, quando o fim chegava, às vezes era dolorido e até uma decepção. Porém eu não podia dizer que havia sido pega de surpresa. Não podia dizer que não sabia.

Hugo estava usando jeans escuro e uma camiseta preta Henley. Tinha também um colar de couro com um pingente, que depois eu descobriria se tratar da chave do primeiro imóvel que havia comprado — um predinho de dois andares no Pico que agora era um restaurante. "É um negócio familiar, e a unidade de Pico foi a primeira vez que tentaram expandir, a segunda loja que abriram."

Era óbvio que Hugo tinha orgulho de seu trabalho. Falava dele com encanto — quase como uma criança que não consegue acreditar em sua sorte.

Um garçom de uns vinte e poucos anos se aproximou.

"Como andam as coisas, Calvin?", perguntou Hugo.

"Tudo certo, cara, e com você?"

"Tudo certo, tudo certo." Hugo sorriu na minha direção. "Esta aqui é a Daphne."

Calvin acenou com a cabeça para me cumprimentar. "Prazer."

"Oi."

"Querem beber alguma coisa?"

Hugo abriu a mão para mim. "Primeiro as mulheres."

"Tequila soda", eu disse. "Com limão, se tiver."

"Pode deixar."

Hugo assentiu em aprovação. "Uísque escocês pra mim, o que tiver aberto."

Calvin se afastou, e Hugo se virou para mim. "Ele teve um acidente feio há alguns anos. Algum babaca na Mulholland. Ficou uns três meses sem trabalhar e acabou passando algumas semanas comigo."

"No seu apartamento?"

"Casa", Hugo me corrigiu.

Vi que ele notou minha surpresa.

"Não fico muito lá, mesmo."

Eu o avaliei com os olhos. "Tá, espera. Então você é um desses bons samaritanos?"

"Tenho que melhorar meu carma de alguma maneira." Ele balançou a cabeça em seguida. "Não, é que ele é um cara legal."

O que me recordo do jantar é que Hugo pareceu sincero. O que me surpreendeu, e fez com que me sentisse um pouco boba — como se eu também estivesse caindo na dele. Como se não soubesse a diferença entre fingimento e realidade. Eu pensara que era muito diferente no estacionamento, mas talvez não fosse. Talvez bastasse um restaurante chique e uma boa história sobre ser o salvador de alguém.

"Como o garoto está indo?", perguntou Hugo.

"Dionte? Bem. Na verdade, não me contam muito. Só o que preciso saber. Ele parece gostar da aula."

"Cassandra também gostava."

"E a morena?"

Hugo sorriu para mim. "Você acha que eu sou um desses caras previsíveis."

Tomei mais um pouco da bebida. "Eu sei que é."

Ele se inclinou para a frente. "Está me desafiando?"

"Acho que não tem como desafiar você pra nada aqui", respondi. "Acho que você nem estaria interessado no prêmio."

Hugo se recostou na cadeira de maneira dramática, como se eu tivesse lhe dado um soco. Por um momento, ele não disse nada. Passou um tempo. E eu quieta.

"Mas eu estou", disse Hugo afinal. "Ou pelo menos acho que estou."

Três meses era tempo o bastante para não me perder. Passara por dois términos ruins, e não dava nem para dizer que haviam sido ruins mesmo — só dolorosos. A maioria dos meus relacionamentos terminara de maneira cordial, quando não amigável. É difícil brigar com alguém que não se sente ultrajado. O papel fazia parecer que nada era pessoal. Quando Ben Hutchinson me traiu no segundo ano da faculdade, nem fiquei brava. Claro que ele tinha me traído, os quatro meses e meio haviam se passado.

"Tem uma diferença grande entre as duas coisas que você disse", falei.

Ele olhou para mim. Quando voltou a falar, pareceu uma confissão. "Eu sei."

Fizemos o pedido — filé para mim e salmão grelhado para ele. Outra rodada de bebidas, batata frita e espinafre refogado. Hugo comia com cuidado, cortando pedacinhos de salmão e espinafre, colocando tudo no garfo com delicadeza.

"Como consegue comer tudo isso?", Hugo me perguntou, apontando para o meu prato. "Você é magra."

"Meu metabolismo é bom", falei. Conversas sobre peso me entediavam. Havia tantas coisas mais interessantes sobre as quais podíamos falar em vez da forma do corpo de alguém.

Hugo percebeu que tinha dado bola fora.

"Posso só dizer que te acho muito agradável?", ele comentou depois de um momento.

Peguei uma batatinha e mergulhei no ketchup. "Estou lisonjeada."

"Não acho que esteja", respondeu. "Mesmo assim, é verdade, acho você agradável mesmo."

Descruzei e voltei a cruzar os tornozelos. "Obrigada." Mas o que pensei foi: *Xi*.

Quando eu tinha vinte e quatro anos, morei por um curto período em San Francisco. Ia fazer um estágio em um aplicativo que foi à falência seis meses depois da minha chegada. San Francisco era uma cidade estranha — tinha toda a imponência de Washington, mas com as colinas verdes e exuberantes e a liberdade de pensamento do Noroeste Pacífico. E ainda ficava na Califórnia!

Conheci por lá um homem chamado Noah que estava fazendo doutorado em meteorologia. No nosso primeiro encontro percebi que esse cara era problema, e quando o papel chegou e nele estava escrito "cinco semanas", me lembro de ter pensado: *É tempo demais.*

Querendo dizer: *Não é tempo o bastante.*

Ele era do Texas, tinha sotaque e a quantidade perfeita de pelos no rosto, fora os olhos azuis, que quando direcionados para você pareciam dois mísseis. Noah me levou ao Golden Gate para assistir ao nascer do sol, ao Haight em setembro e ao melhor restaurante indiano da cidade toda. Quando as cinco semanas chegaram ao fim, eu não queria que acabasse, mas então Noah recebeu aquela ligação: tinha conseguido uma bolsa na Islândia. Era uma sexta-feira. Ele foi embora na quinta seguinte.

Não posso dizer que fui pega de surpresa. Por algumas experiências, a gente simplesmente precisa passar.

Quando terminamos de jantar, Hugo se levantou da mesa e foi até o guitarrista da banda.

Eu o vi negociando e depois passando uma nota para a mão do homem. Então voltou para a mesa. Diante da minha cara de interrogação, ele só deu de ombros.

E aí uma música começou a tocar. As primeiras notas de "Ribbons in the Sky", de Stevie Wonder. *"Oh, so long for this night I prayed that a star would guide you my way..."*

Hugo fez questão de fixar os olhos no guitarrista. Depois fixou-os em mim. "Exagerei?"

Eu queria dizer: *Sim, claro, seu ridículo*, revirando os olhos. *Com quem isso funcionaria?*

Em vez disso, só balancei a cabeça.

"Eu tiraria você pra dançar, mas acho que seria constrangedor."

"Tenta."

Hugo afastou a cadeira da mesa, se levantou e me ofereceu a mão. Eu a peguei.

Eu estava de vestido preto até os tornozelos, justo em cima e esvoaçante embaixo. Ele colocou a mão sobre a costura que ficava nas minhas costas.

De canto de olho, vi as pessoas nos observando das mesas vizinhas. Senti uma ansiedade que não me era familiar, algo inesperado se agitando.

"Gosto do seu cheiro", disse Hugo.

Eu também gostava do cheiro dele. A colônia que usava havia se transformado. Eu queria enterrar o nariz em seu pescoço.

Os dedos dele desceram pelas minhas costas.

"O que você acha?", ele sussurrou. "Arriscamos um giro?"

Eu me afastei para olhar para ele. Um sorriso iluminava o rosto que me encarava.

"Tá", falei. "Por que não?"

Ele ergueu meu braço e me girou.

Seis

Deixo Hugo na casa dele — um imóvel de três cômodos ao estilo hispânico na Ashcroft, uma rua ladeada por roseiras que ficava bem no meio do caminho entre West Hollywood e Beverly Hills. Quando decidimos ir embora, já fazia mais de uma hora que eu não bebia mais nada. Estava totalmente sóbria, e a realidade de tudo o que aconteceu naquela noite é como outro passageiro no carro.

Eu e Hugo moramos a cerca de oito minutos de distância, porém é como se a casa dele ficasse em outro mundo. Clássica, charmosa, com um toque de história — e perfeitamente bem cuidada. Musgo bem verde se espalha por uma parede externa, e hera por outra. As plantas contrabalanceiam as janelas grandes de vidro.

"Quer entrar para beber alguma coisa?", pergunta ele.

"Eu trabalho amanhã", respondo. De repente, me sinto exausta. "E tenho que voltar pro Murph."

O carro de Hugo está na garagem, sob uma arcada coberta de heras. Tem uma bicicleta estacionada do lado, com um capacete preso ao guidão. Provas de uma vida, por mais imaculada que fosse, em movimento.

Mas tem alguma coisa estranha na casa de Hugo que nunca consegui identificar muito bem. Ela é linda, e a de-

43

coração é impecável — tem muito mais personalidade do que esperava que tivesse da primeira vez que entrei. Me lembro de ter pensado que encontraria muito vidro e coisas cromadas, mas deparara com poltronas largas de veludo, tecidos antigos com textura e uma cozinha pintada de azul. Era uma casa calorosa e acolhedora, porém ainda me passava uma sensação de vazio. Como se a qualquer momento eu fosse abrir uma gaveta da cozinha e descobrir que não tinha nada dentro. Uma vez, quando Hugo estava no banho, fui até a estante e arreganhei um exemplar de *Mundo subterrâneo*, de Robert Macfarlane, só para me certificar de que as páginas não estavam em branco. Elas não apenas não estavam como também haviam sido maculadas por tinta azul — anotações e marcações feitas por Hugo.

"Não escolhi nada do que tenho aqui", Hugo me disse uma vez. No entanto, com o passar do tempo, comecei a duvidar cada vez mais disso. E agora sei que não é verdade. Hugo ama estética. Já fui com ele a Sacks de Wilshire comprar terno. Ele tem um vendedor exclusivo na Brioni, um alfaiate que liga para avisá-lo sobre as últimas tendências da Prada. Hugo preserva sua boa aparência e gosta de preservar a boa aparência de tudo a sua volta também.

Ele se estica do banco do passageiro para me dar um abraço rápido. "Até mais, querida. Estou feliz por você."

"Valeu. A gente se fala amanhã."

Eu o vejo fechar a porta do carro e subir os degraus da frente. O sensor capta o movimento dele e faz as luzes se acenderem, iluminando a porta de madeira e metal, o estuque branco da parede.

Aceno e vou embora.

Levo sete minutos para chegar em casa, mas já é meia-noite e doze. Meu cachorro, Murphy, não se dá nem ao trabalho de se levantar quando entro, só se mexe um pouco para que eu saiba que perturbei seu sono. Eu o levei para passear mais cedo, então acho que vai ficar tudo bem até amanhã de manhã.

Adotei o Murphy no meu aniversário de vinte e seis anos, na Bark n' Bitches, na Fairfax, um lugar que infelizmente fechou. Ele é uma mistura de terrier. É mais alto que um terrier médio, e seus pelos são mais macios. Murphy nunca se interessou por nada canino. Acredito de verdade que ele é um banqueiro dos anos 1940 amaldiçoado por uma bruxa a viver no corpo de um cachorro. Ele não cheira quase nada e fica horrorizado quando jogam uma bolinha para ele. *Agora você quer que eu vá buscar? Com a boca?*, eu o imagino dizendo. *Isso não é civilizado.*

"Oi, Murph", digo. Afago suas orelhas. Ele assente cordialmente antes de voltar a dormir. Tiro os sapatos e alongo os dedos dos pés no piso de madeira. Sinto o frio embaixo de mim — as construções de Los Angeles não têm isolamento, e as noites são congelantes, especialmente no inverno. Preciso mesmo de um carpete. E talvez de um aquecedor.

Moro em um predinho em North Gardner, a dois quarteirões da Sunset. Tem cinco apartamentos e um pátio no meio. Cada um tem sua própria entrada, e o meu dá para a rua.

É um apartamento grande — maior do que deveria ser, considerando o que eu pago. Mike não sobe o aluguel há quase quatro anos, o que é algo inédito nessa parte da cidade. A sala de estar é ampla, a cozinha é aconchegante — embora o mármore seja datado e os armários estejam descascando — e o quarto dos fundos é ligado a um cômodo para servir de closet. Quando me mudei, pintei o corredor e a sala de estar de verde-claro. A decoração é aleatória — tem estampas, tons neutros, madeira, linho, abajures laranja antigos que comprei no mercado de pulgas. E cortinas da Pottery Barn. Tenho coisas demais.

Eu me jogo no sofá. Sei que não deveria parar agora — preciso escovar os dentes, pôr o pijama e ir para a cama. Não deveria parar até finalmente poder me deitar. No entanto, até o quarto parece longe demais no momento. Enfio meus pés congelando debaixo de mim.

Na mesa de centro tem um exemplar de For the Love of Shakespeare, um presente de Irina por causa de uma piada interna da qual nem me lembro mais. Mas foi um presente que eu amei, sem qualquer ironia.

"Suas paixões são feitas da melhor parte do amor puro."*

A verdade é: eu quero amor. De certa maneira, procuro por isso desde sempre. Amor de verdade, alguém com quem eu queira envelhecer junto, que me faça não ter medo de passar tanto tempo com uma pessoa, e sim ansiar por isso.

Imaginei que, em algum momento, os papéis parariam de aparecer. Porém não estava muito ansiosa por esse dia, não exatamente. Havia algo em mim que queria continuar em movimento. Se a gente nunca parar por tempo o bastante para mergulhar numa coisa, ela não tem como nos destruir. É mais fácil sair de uma piscina que de um poço.

Nada disso é muito revelador ou especial. Vivemos em uma época na qual é possível conhecer milhares de pessoas pela internet. Meio que todo mundo tem medo de "se arrepender da compra". E mesmo assim...

Eu me levanto de súbito do sofá, movida pela desidratação, e encho um copo da água turva da torneira. Em Los Angeles, espera-se que a gente beba água filtrada, mas eu

---

* "Her passions are made of nothing but the finest part of pure love."
William Shakespeare, Antony and Cleopatra. Nova York: Penguin, 2005.

desisti da minha jarra purificadora cerca de uma semana depois de comprá-la. Duvido que aquela coisa estivesse funcionando tão bem assim. A única mudança perceptível eram os pontinhos pretos que ela soltava — o que não parecia exatamente uma melhora.

Sinto falta daquilo que não tenho. É estranho sentir isso, querer algo que nem se conhece. Mas o amor é assim, não é? A crença em algo que não podemos ver, tocar ou explicar. Assim como o nosso próprio coração, que a gente só sabe que existe.

Vou até a porta dos fundos e olho para o quintal. Está vazio e silencioso. O céu noturno lá em cima está carregado de nuvens.

Me pergunto se vou sentir falta disso. Da sensação de disponibilidade. Da compreensão, mesmo que lá no fundo, de que qualquer coisa pode acontecer. Da ideia de que poderia trombar com alguém no aeroporto ou na fila da farmácia. De que o homem três banquetas adiante no bar talvez me leve para casa. De que a próxima grande aventura está a apenas uma folha de papel de distância.

Ser solteira é como jogar na loteria. Na maioria das vezes, tudo o que se consegue de uma ida à lojinha de conveniência que tem uma casa lotérica é um pacote de salgadinho e outro de cerveja. Mas sempre há uma chance. Sempre há uma chance, ainda que ínfima, de que um papelzinho daquele lugar possa lhe dar tudo.

Sete

MARTIN

TRÊS DIAS

Eu descia os degraus da estação de metrô correndo, já atrasada e precisando chegar no Primeiro Arrondissement — que ficava a meia hora da parte de Paris onde haviam me escondido. Fazia três semanas que eu estava na França, acompanhando uma gravação para minha nova chefe, Irina. Fazia apenas dez dias que entrara no lugar de Kendra quando me mandaram viajar, e eu ainda tentava me situar, agora do outro lado do mundo.

"O que você acha de passar um mês no exterior, assim logo de cara?", Irina havia me perguntado na entrevista.

Olhei para o cabelo preto bem cortado dela, para a calça cigarrete, com pregas marcadas no meio das pernas e para a camisa branca engomada que estava usando, com o colarinho ligeiramente levantado. Se aquela mulher cuidadosamente construída conseguia agir de forma espontânea, eu também conseguia.

"Acho ótimo", eu havia dito. Pensara em Murph na mesma hora, porém sabia que ele amava meus pais, então não haveria problema.

Agora, ali estava eu.

"*Excusez-moi! Excusez-moi!*" Parei e vi uma mulher na casa dos cinquenta anos com corte bob apontando uma unha bem pintada para uma carta no chão. Por Deus, as mulheres francesas sabiam mesmo ter estilo.

"*C'est le tien!*", prosseguiu ela.

Peguei o envelope. Dentro havia um bilhete que dizia: *Martin, três dias.*

Normalmente, eu ficaria intrigada. Três dias, em um país estrangeiro, parecia uma boa ideia, porém eu infelizmente ainda estava atrasada e não fazia ideia de quem era Martin. Entrei no vagão imediatamente antes que as portas se fechassem. Como o filme tinha um orçamento apertado (filmes sempre têm orçamentos apertados, mesmo quando são de 200 milhões de dólares), tinham me colocado no Décimo Sexto Arrondissement, bem longe de onde o elenco e os membros mais importantes da equipe estavam. Eu não tinha me importado. Não conhecia Paris, mas sempre fora boa com mapas. No segundo ano, havia desenvolvido um excelente senso de direção — possivelmente pela necessidade de sair de Palisades. Meu pai me ajudara a transformar aquilo em uma aventura, e, enquanto me levava até uma praia além de Point Dume ou a uma sorveteria nova, eu abria o mapa sobre as pernas e olhava para a Los Angeles que se estendia a minha frente.

Saí do metrô na estação Tuileries/Pyramides e atravessei a rua correndo. Íamos filmar perto do Ritz de Paris, na Place Vendôme, bem em frente ao hotel de mesmo nome. Icônico. Sempre que olhava em volta, para as pedras cinza e aqueles franceses chiques, e ouvia a língua lindamente sussurrada, não conseguia acreditar na sorte que estava tendo. Lá estava eu, no set situado na cidade que era, por si só, o set mais famoso do mundo.

Tratava-se de um remake de *Quando Paris alucina*, filme de 1964 estrelado por Audrey Hepburn. A ideia do estúdio tinha sido usar um holograma da atriz, porém Irina convenceu todo mundo que seria melhor contratar uma jovem real: "Vamos precisar de alguém para a turnê de divulgação. Vão fazer o que pra divulgar o filme, projetar fumaça numa sala e esperar que a *Variety* a encha de perguntas?". No entanto, como costuma ser o caso, a jovem não estava à altura do fantasma de Audrey. Se tivessem me perguntado (o que, é claro, não aconteceu), eu teria dito: *Dã*.

Segui depressa pela Rue de Rivoli e entrei na Starbucks seis ruas à frente. Todo mundo ia querer café no set, e todo mundo ia querer especificamente da Starbucks. Paris é uma cidade que despreza americanos, porém adora redes americanas. Acho que os parisienses adoram, no sigilo, as opções que temos: leite de aveia com canela e adoçante? Perfeito.

Entreguei a lista quando chegou minha vez. Alguém da equipe havia escrito tudo em francês, e eu a carregava comigo todo dia. Antes de desenvolvermos aquele sistema, eu levava meia hora para fazer o pedido.

Enquanto a pessoa no caixa registrava tudo, aproveitei para verificar o celular. Havia duas mensagens de Irina perguntando onde eu estava e uma de Marguerite, assistente da direção, perguntando se eu podia levar um espresso triplo a mais. Sinalizei para o barista e acrescentei ao pedido.

Quando cheguei ao set, Irina estava irritada. Eu havia aprendido que ela ficava sentada se estava relaxada, e se levantava se queria tacar algo em você. Quando cheguei, Irina andava de um lado para o outro.

"Finalmente", disse. Fez um sinal de *me dá* com as mãos, e entreguei seu café com leite de aveia. Marguerite, uma francesinha que não parecia ter mais de dezoito anos, mas na verdade tinha trinta e um, pegou o restante do pedido e distribuiu entre o pessoal.

"Que horas são?", Irina me perguntou.

Liguei a tela do celular para conferir. "Oito e trinta e cinco."

"E que horas estava marcado?"

Fiquei só olhando para ela. Responder parecia desnecessário.

"Desculpa", falei. "Vou começar a sair mais cedo."

Deu para notar que ela me avaliava, e seu comportamento passou de punitivo a empático.

"Tudo bem", disse. "Agora vai pegar um copo de água ou algo do tipo. Não gosto de ver você assim esbaforida; é desagradável."

Deixei meu café na cadeira vazia ao lado dela e fui até as mesas compridas onde ficava a comida. Como íamos gravar uma externa, tinham erguido uma tenda pequena para cobrir a área, a uns quinze metros do centro de comando — onde todos os figurões, inclusive Irina e o diretor do filme, assistiam às cenas do dia. Irina havia pedido uma cadeira para mim também, e, sempre que armavam a dela, armavam a minha logo atrás.

Nos Estados Unidos, em geral a comida desse tipo de ambiente consiste em lanchinhos — barras de cereal, frutas, pipoca e batatinhas. Dependendo do orçamento, são oferecidas opções de almoço e jantar — saladas e sanduíches, mas só o básico. Na França, a coisa é muito diferente. No primeiro dia de filmagem, o almoço consistiu em salmão pochê, salada de folhas e ervas, baguetes, cinco queijos diferentes e, de sobremesa, crème brûlée.

Todos os filmes franceses também oferecem vinho, mas nas produções americanas isso não é permitido.

Encontrei uma garrafa de água em temperatura ambiente em cima de uma geladeirinha e a virei com gosto.

Quando levantei os olhos, vi o ator que fazia o personagem de William Holden, interesse amoroso da personagem de Audrey Hepburn, no café.

Ele assentiu para mim, e eu retribuí. O nome dele era Jacques, um ator francês que havia feito um filme da Marvel um ano e meio antes e agora estava procurando por algo de maior prestígio.

E também tinha o dublê dele.

Sempre que uma cena precisava ser iluminada ou blocada, o dublê se tornava Jacques enquanto o ator ia trocar o figurino ou fazer o cabelo, ou a maquiagem, ou discutir audivelmente no trailer com seu marido brasileiro, Lucas.

De lado e de costas, o substituto parecia com Jacques, porém de frente era mais arredondado, e suas feições eram mais pronunciadas e menos organizadas. Ele também tinha uma barba cheia. O nome dele, claro, era Martin.

Decidi deixar a coisa rolar. Em geral, quando recebia um bilhete daqueles, me sentia incumbida, convocada a agir — me tornando parte imediata da conspiração. Eu havia sido elencada. Tinha um papel. Daquela vez, no entanto, queria ver o que aconteceria se não fizesse nada — se parecesse até um pouco avessa à ideia. Não posso dizer que me sentia particularmente atraída por Martin. Ele não falava muito, embora, por outro lado, fosse apenas um dublê.

O dia se passou sem muita cerimônia. As externas saíram lindas. As ruas de Paris permaneceram iguais ao longo dos anos — aparentemente, a construção por lá é mais regulamentada e controlada que em qualquer outro lugar no mundo —, e o efeito era calmante e uniforme. Pedras cinza e beges se uniam para formar uma cidade com uma neutralidade descolada. Eu nunca havia visto nada tão organizado que parecesse tão bonito.

Em contraste com a paleta cinza, Lily, a protagonista, usava um terninho fúcsia. Acinturado e com chapéu combinando, o figurino devia fazer referência ao terninho verde icônico que Audrey havia usado no original. O remake, por acaso, ia se chamar apenas *Quando alucina*.

Lily estava deslumbrante.

Jacques apareceu usando um paletó Prada ajustado ao corpo com um lenço fúcsia no bolso. Assistir aos dois passearem pelo pátio era como acompanhar uma primeira pincelada vermelha em uma tela em branco.

Arte, pensei. E nunca tinha visto uma arte tão viva.

Quando encerramos o dia, o sol já se punha, o que significava que já passavam das nove. No verão, a luz natural pode se estender até quase dez da noite, e a cidade fica banhada por tons pastel de todos os tipos antes de ir se deitar. É um ritual lento, com a passagem do amarelo para o rosa, depois para o violeta e por fim o azul-bebê. A piada recorrente no set era de que trabalhar na equipe de iluminação devia ser moleza na França.

Vi Marguerite carregando algumas caixas até um carro à espera.

"Vai precisar de mais alguma coisa?", perguntei a Irina. Apontei para Marguerite, que claramente enfrentava dificuldades. "Senão acho que vou dar uma mão para ela."

Irina deu uma olhada. "Não quero que você carregue nada", disse. Depois me avaliou. "E se você se machucar e não puder vir amanhã?"

Voltei a olhar para Marguerite. Martin havia chegado, e agora os dois carregavam as caixas juntos.

"Está vendo?", comentou Irina. "Deixa um homem fazer isso. Assim pelo menos eles servem pra alguma coisa."

Falamos sobre a programação do dia seguinte, depois dei boa-noite e coloquei a mochila nas costas, pronta para ir para o metrô. A noite estava quente, e eu não me importava de caminhar, porém o número de baldeações (três) que precisaria fazer até chegar parecia um pouco excessivo.

"Quer uma carona?"

Martin parou numa Vespa ao meu lado. Achei que ele fosse francês, porém quando o ouvi falar inglês, notei que não tinha sotaque. Era americano, como eu.

Pensei em como minha mochila estava pesada e nas muitas, muitas escadas do metrô.

"Por favor", respondi, e subi na Vespa.

Oito

Martin me levou a um café que ficava perto do meu apartamento para comer crepe e batata frita e tomar cerveja. Descobri que ele havia estudado atuação na Sorbonne e depois permanecera em Paris com um visto de trabalho. Agora, tinha vinte e cinco anos, o que significava que era quatro anos mais novo que eu. Quando Martin falava, era de forma calorosa e familiar, como um lenhador transportado para as ruas de Paris.

"Quais são seus planos para o futuro?", ele me perguntou. Já tínhamos tomado umas.

"Acabei de começar a trabalhar para Irina", contei. "Então, por enquanto, isso." A verdade é que, quando se tratava de carreira, eu deixava a vida me levar. Não que não fosse ambiciosa — eu trabalhava bastante; era confiável e competente. Não me importava de trabalhar muito ou fazer trabalho braçal. Gostava de me manter ocupada. No entanto, não sabia bem onde devia concentrar minha energia. Sentia que andava de lado, em vez de subir. Já fora assistente em três indústrias diferentes, e ocupara dois cargos em Hollywood. Parecia que devia estar evoluindo para alguma outra coisa ou no mínimo evoluindo num geral. Mas adorava o trabalho, pelo pouco que conhecia dele. Adorava precisar ser engenhosa o tempo todo. Gostava que exigisse agilidade e presença.

"Já trabalhei como assistente num canal de televisão, mas achei corporativo demais. A chefia era legal, mas a política do escritório não era para mim."

"Também tem muita política rolando nos sets", disse Martin. "É doido. Tem um mapa de assentos pro centro de controle. Existe uma hierarquia pra poder pedir café!"

"Como sou eu quem busco, acho isso bom", falei.

Martin tomou um gole de cerveja. Deixamos o silêncio se estender.

"Acho que gosto de estar no meio da ação", falei. "E não me preocupo muito em saber qual é o meu trabalho exato neste meio. Sei que estou ocupando o degrau mais baixo, mas quem se importa? Pelo menos estou aqui." Faço um gesto abarcando o café movimentado, os casais rindo, a fumaça de cigarro, as toalhas de mesa quadriculadas. O cheiro e a pulsação daquela cidade estrangeira e familiar.

Ele tomou outro gole de cerveja. "É uma resposta honesta."

"Você está em Paris há quanto tempo?"

"Quase seis anos", ele disse. "Houve um período depois que me formei em que eu precisava ir embora a cada três meses, mas agora as coisas ficaram muito mais fáceis."

"Você se casou ou algo assim?"

Martin sorriu para mim. "Na verdade, sim. Com minha melhor amiga, Fiora. A gente não mora junto e não está junto. Ela tem namorada, mas as autoridades francesas parecem achar isso perfeitamente normal."

"É o que dizem sobre os franceses."

"Achou essa história esquisita demais?"

Eu percebi que, até então, o clima não havia estado particularmente romântico. Por causa do bilhete, eu pensara que estaria, mas, se não soubesse de nada, imaginaria que éramos apenas dois colegas saindo para tomar umas depois do trabalho.

"Nem um pouco", respondi.

Martin assentiu. "Você já esteve em Paris?"

Fiz que não com a cabeça. "É minha primeira vez na Europa."

Ele riu. "Você faz muita questão de dormir?"

"Dormir em euro é muito caro."

"Excelente resposta."

Ao longo do fim de semana, Martin me levou a toda parte. Todos os lugares óbvios, como a Torre Eiffel, Notre--Dame e Montparnasse, para ir em um café e conhecer o que todos aqueles artistas da década de 1920 consideravam tão inspirador. Exploramos a basílica gótica de Saint-Denis e caminhamos à margem do Sena até a sola do meu tênis descolar.

"Eu carrego você", disse Martin, me colocando em suas costas. Aguentamos um minuto antes de fazer sinal para um táxi, rindo histericamente da minha sola solta.

O sexo não foi nada extraordinário, mas nem precisava ser. Foi bom, e fiquei feliz em transar com ele, feliz em ter aquela experiência de pele com pele naquela cidade entre todas as outras.

No passado, sexo muitas vezes me pareceu algo dissociativo, como se eu me tornasse outra pessoa ou deixasse o recinto assim que ficasse nua. Não que não gostasse, só que parecia que o que eu mais gostava era do fato de que eu estava gostando. Era como se assistisse a mim mesma à distância. A parte empolgante era aquilo — sexo! em Paris! — estar acontecendo, não o ato físico em si, a sensação, o encontro de dois corpos humanos. Eu gostava da narrativa, da história que ia contar — que já estava contando — sobre o que estava acontecendo.

Depois, dividimos um cigarro na sacada dele. Martin morava nos limites do Décimo Sétimo Arrondissement, com vista para Montmartre. Eu usava uma camiseta dele — azul, com DODGERS escrito em branco.

"Você tem saudade dos Estados Unidos?", perguntei.

Martin inspirou fundo, sem responder por um segundo. Vestia calça de moletom e camiseta branca. Fiquei me perguntando se teria comprado uma única peça de roupa naqueles seis anos ou se tudo o que possuía em Paris eram sobras de outra vida.

"Às vezes", respondeu. "Tipo, às vezes quero ir a uma lanchonete no domingo ou só ligar a tevê e assistir a um jogo de futebol americano, ou coisa do tipo. Às vezes sinto saudade de como tudo é eficiente lá. Tipo de como as portas abrem para os dois lados."

Fico olhando para ele.

"É ridículo ter portas que só se abrem para dentro e portas que só se abrem para fora", disse ele, demonstrando com as mãos. "Não sei por que esse é o padrão aqui."

"Só isso?"

Martin soltou o ar. Senti o cheiro da fumaça do cigarro. Fresco, novo e inebriante.

"Não, tenho saudade de muita coisa. Mas continua tudo lá. Um dia eu ainda vou voltar, e as portas vão continuar abrindo para os dois lados."

Martin sorriu. Quando eu não disse nada, ele continuou.

"Espero encontrar alguém como você lá quando voltar. Você melhora tudo, Daphne. De verdade."

Ele veio até mim e enlaçou minha cintura. Inclinou-se e eu o beijei de forma delicada, depois senti enquanto ele apoiava a cabeça no meu ombro. Olhei para o estúdio onde ele morava, para os lençóis revirados, para as embalagens de comida indiana — o curry vermelho e verde, o chutney de manga, o encarte do Musée d'Orsay. Quanta coisa havia acontecido em apenas três dias.

"Vou sentir saudade de você", eu disse, com sinceridade.

Senti a saudade que ele tinha de casa — ou a minha própria — pulsando entre nós como um coração e soube que também sentiria falta daquilo. Da sensação muito específica de ter vinte e poucos anos e estarmos perdidos em Paris, juntos.

Nove

Jake me liga no dia seguinte. Murphy está sentado ao lado da mesa de centro, olhando para a televisão no mudo como se pudesse mudar de canal usando só a força de vontade. O que podia ser explicado pelo fato de estar passando *House Hunters*.

O celular toca às três, bem no meio do dia.

"Oi", ele diz quando atendo. "Como você está?"

"Bem", digo. "Trabalhando."

É só mais ou menos verdade. Estou em casa, mas revendo um orçamento para a próxima filmagem de Irina. Ela está produzindo um comercial estrangeiro, o que faz de vez em quando para ganhar uma grana. Não vai dar muito trabalho, mas Irina o quer de volta até o fim do dia.

"Claro, claro, desculpa. Vou ser rápido."

"Imagina. Gostei que você ligou."

Estou sendo sincera. A voz dele soa calorosa ao telefone.

"Que bom. Olha, liguei porque tenho ingressos pra um stand up hoje à noite. É ao ar livre, em Hollywood. Sabe como é, é um desses que quem estiver na cidade aparece e apresenta alguma coisa. Não dá pra saber exatamente quem. Mas estão rolando boatos de que o Seinfeld pode aparecer."

Sinto um sorriso se abrindo no meu rosto. "Sério?"

"Quer ir comigo?"

"Quero", digo. "Muito." Combinei mais ou menos de sair para jantar com Kendra, mas ela vai ficar empolgada por mim. Primeiro porque vou ver Jake de novo. Segundo porque, mais da metade das vezes, quem cancela é ela mesmo.

"Posso passar pra te pegar", diz Jake. "Se você quiser. Ou podemos nos encontrar lá, como preferir."

"Vamos juntos", digo. "Assim vou ter uma chance de avaliar como você dirige."

Ele dá risada. De um jeito caloroso. "Então tá. Me manda seu endereço por mensagem e eu te pego às sete. Combinado?"

"Combinado", digo.

◆

Ele chega às cinco para as sete.

Bate duas vezes seguidas na porta. Ainda vesti só uma perna da calça jeans e estou passando rímel. Murphy não se dá ao trabalho de sair da cama.

"Só um segundo!", grito.

Por que ele chegou adiantado? Todo mundo sabe que o certo é chegar no horário em um restaurante e atrasado na casa de outra pessoa. Sinto meu coração martelando. Me reservo um momento para controlar a respiração.

Aboto o jeans, visto uma blusa de frio laranja e corro para a porta sem calçar os sapatos.

Jake está ali, vestindo calça jeans e blusa azul-marinho. As mãos estão escondidas nas costas, e ele usa óculos — algo novo. Está bonito, e parece mais velho do que no Gracias Madre. Mais desgastado pelo tempo, talvez. De qualquer maneira, eu curti.

"Oi", digo.

"Oi", ele diz. Abre a porta um pouco mais. "Você está ótima."

"Obrigada. Desculpa, entra, entra."

Seguro a porta aberta, e Jake passa por mim. Deixo que ela bata atrás de nós com uma rajada de ar fresco.

"Me dá só um segundo", digo. "Estou quase pronta."

Jake olha em volta. Dei uma arrumada — uma limpada de pura ansiedade, mas com a quantidade de coisas que acumulei ao longo dos anos morando aqui fica difícil manter tudo na mais completa ordem. Tem coisas demais para o espaço.

"Gostei", diz Jake, espontaneamente. "Parece mesmo o lugar que você mora."

Dou risada. "E é."

Vou até o quarto e encontro os sapatos — plataformas de couro marrom. O lance de Los Angeles é que parece verão quase até dezembro. Só que a noite de hoje está estranhamente fresca. Por isso a plataforma fechada.

"Quer alguma coisa?", grito para Jake.

"Não precisa", ele diz. "É melhor a gente sair assim que você estiver pronta."

Enfio um gloss, o cartão e minha identidade em uma bolsinha e volto para a sala. Pego a chave da bancada e faço sinal para ele me seguir porta afora.

Vamos até o carro dele. É uma BMW preta que não parece ter nem um arranhão.

"Parece que ela está novinha em folha", comento.

Ele sorri. "Deixei Marigold em casa."

"Marigold?"

"Diferente de você, sou feminista. Meus carros são sempre mulheres." Jake sorri para mim. "Tenho uma Chevy antiga, ela precisa de bastante manutenção."

"Ah."

Jake abre a porta do passageiro para mim, e eu entro. O carro cheira a pinheiro, e quando olho para o retrovisor central noto um aromatizante em forma de arvorezinha pendurado ali. Dou um peteleco nele enquanto Jake se acomoda no banco do motorista.

"Achei que nem fizessem mais isso aqui."

"Ei", diz Jake. "Cresci no Noroeste Pacífico. Carrego um pouco de floresta aonde quer que eu vá."

"Portland?", pergunto.

"Seattle", ele diz.

"Nunca fui", digo. "Tudo o que sei sobre Seattle é por causa de *Cinquenta tons de cinza*."

Jake me encara na hora. "É a representação mais certeira da cidade em que consigo pensar. Um trabalho excelente."

Ele dá a partida e seguimos para a Sunset, depois entramos no Hollywood Boulevard.

Na minha opinião, Hollywood é a pior parte de Los Angeles. Tem estrelas enfileiradas nas calçadas dos dois lados, o que atrai turbas de turistas e é onde ficam as atrações mais icônicas, como o museu de cera Madame Tussauds e o Hard Rock Cafe. Hoje as ruas estão tomadas por multidões de adolescentes e algumas famílias com camisetas combinando, dizendo coisas como FÉRIAS DA FAMÍLIA STEWART. Um casal posa para uma foto, agachado no chão e apontando para uma estrela, que não consigo identificar de quem é. Comento com Jake que Dolly Parton sempre atrai atenção.

"Sabia que ela tem duas estrelas na Calçada da Fama?", ele diz. "Pouca gente sabe disso."

"Não sabia, não", confesso. "Tudo o que sei é que Hollywood é a Times Square de Los Angeles."

"Verdade", ele concorda. "Apesar de não saber muita coisa sobre Nova York. Só fui algumas vezes, e nas últimas nem saí do Brooklyn."

"Gosto do Brooklyn", comento. "Queria morar lá, mas nunca rolou."

"Não dá pra fazer tudo, né?" Ele muda de faixa. "Como foi crescer por aqui?"

Penso a respeito. Algumas pessoas acham que crescer em Los Angeles é como crescer no Havaí — ou que é um episódio eterno de *Barrados no baile*. Passar dias fazendo compras nas ruas ladeadas por palmeiras de Beverly Hills, passar noites em volta de fogueiras na praia. Na verdade, essas coisas rolam, porém quando a gente mora aqui Beverly Hills na verdade é um subúrbio qualquer, e a praia é só o lugar onde a probabilidade de se encrencar por beber é menor.

"Meus pais moram em Palisades", digo, apontando para trás. "Estudei em Brentwood. Foi normal, acho. Eles se esforçaram muito para que fosse. Meus pais, digo. Mas ainda era uma cidade cheia de crianças ricas."

"Você foi uma criança rica?" Jake olha por cima do ombro, depois vira à esquerda na Fountain.

Percebo que a pergunta dele não é mal-intencionada e que ele não liga muito para a resposta que vou dar.

"Não, nem um pouco. Tipo, não que a gente passasse dificuldade. Meus pais sempre conseguiam pagar as contas, até onde sei. Mas a gente só viajava de férias para lugares onde dava para ir de carro e eu não ganhava uma bolsa Prada se tirava nota máxima, se é disso que você está falando."

Jake sorri, mas não diz nada.

"Não que eles fossem fazer esse tipo de coisa, mesmo que pudessem. Meus pais não são chiques; acho que acabaram passando isso pra mim."

"Você não é chique?"

"Se acaba o sabonete, tomo banho com detergente."

"Não acho que isso seja não ser chique", comenta Jake. "Só acho que significa que tem algum problema sério com você."

Jake olha para mim, e eu descanso a cabeça no apoio.

"E você?", pergunto.

"Meu pai era engenheiro. Trabalhou pra Amazon uma época, e pra algumas startups. Teve uma boa carreira e se aposentou há alguns anos. Minha mãe tem uma loja em Madison Park. Vende cerâmica, joias e uma linha de produtos com canabidiol que faz o maior sucesso."

"Que legal", digo. "Há quanto tempo ela tem a loja?"

"Pelo menos vinte anos. Já teve várias caras. Chegou a ser um mercadinho."

Jake vira à esquerda outra vez e entramos em um estacionamento. Uma fila de carros se estende a nossa frente, e viro o pescoço para descobrir que o lugar está lotado — garotas de jeans preto apertado, regata e gorro se deslocam em grupos. À direita, um homem de camiseta preta e calça cargo entrega um canhoto e manda Jake estacionar em uma vaga que parece de moto.

Milagrosamente, ele consegue.

Um clube de comédia foi montado no que parece ser um grande beco entre dois prédios. Tem um palco no meio e assentos dispostos em volta, em semicírculo. Paredes de tijolos aparentes limitam as laterais, e estrelas são projetadas no teto, que consiste em uma tenda de seda branca.

"Nossa, aqui é bem legal", digo a Jake. "Adorei."

Ele sorri. "Né? Nunca vim, mas alguns colegas vieram no fim do ano e desde então não param de falar no assunto. Gostei do que fizeram com o lugar."

Sempre que vou a um lugar que não conheço, sou lembrada das muitas maravilhas escondidas em Los Angeles. De quanta cultura improvável se encontra longe dos olhos. Às vezes, parece que a cidade funciona a base de outdoors e Teslas, porém, principalmente na última década, os negócios têm se mostrado cada vez mais diversos. O centro é o paraíso em termos de instalações artísticas e culinária fusion, apesar de, sim, tudo isso estar embaixo de uma camada de lixo. É real de uma maneira que Los Angeles nunca foi, ou pelo menos não ao longo da minha vida — e como Nova York costumava ser. Tudo isso está disponível a quem prestar atenção.

Nossos ingressos são para dois assentos elevados do lado esquerdo, e uma garçonete aparece na mesma hora para anotar nossos pedidos de bebidas.

"Tequila soda", digo.

Jake assente. "Pra mim também."

"Achei que gostasse de vodca."

"E gosto, mas não ligo muito para o que bebo. E gosto de experimentar coisas novas. Não sou muito exigente. É tudo álcool."

Passo os olhos pelo público. Tem um casal mais velho a nossa direita — turistas, imagino. O homem fica apontando para o teto da tenda, e a mulher está inclinada na direção dele, puxando sua camiseta.

Também identifico o que só posso descrever como um grupo de mulheres em uma despedida de solteira — relaxadas, bêbadas, chamando os nomes umas das outras em um volume desnecessariamente alto.

Sinto Jake tocar meu ombro. "Acho que aquele é o dono", fala.

Um homem atraente vestindo uma camiseta estampada e calça jeans passa por umas mesas à esquerda. Aperta a mão de alguém.

"Que lugar mais interessante", digo. "Você gosta de comédia?"

"Gosto", confirma ele. De forma definitiva, quase ferrenha. "Quando me mudei pra cá, os outros assistentes e eu íamos à Comedy Store toda quarta à noite depois do trabalho. A gente pegava uma pizza com o cartão corporativo de alguém e chegava em caravana. Dá pra conseguir ingressos por vinte dólares, às vezes a chefia até dava os que tinha recebido e não ia usar, e a gente acabou vendo comediantes incríveis."

Me vem à mente a possibilidade de Seinfeld aparecer ali hoje. Considerando que o lugar não parece *bem* lotado, acho improvável, porém continuo intrigada.

"Todos os grandes", Jake continua a falar. "Parte da graça de Los Angeles... de Nova York também, imagino... é que mesmo os comediantes mais importantes precisam testar material novo. Então, antes de gravar especiais ou sair em turnê, eles precisam passar pelas casas locais. Quem vai toda semana acaba vendo as piadas evoluírem até estarem prontas.

Quando Jake se empolga, fala com as mãos. Gesticula para mim e para o palco, as mãos dele se abrindo e fechando, os braços dançando.

"Você trabalha com comédia?", pergunto.

"Ironicamente, com drama", diz ele. "Pra falar a verdade, arrumei um trabalho com uma pessoa importante do departamento de dramas da Netflix antes de a coisa toda estourar, e tudo meio que fluiu a partir daí. Eu gosto de drama, também. Tem muito drama na comédia, e muita comédia no drama. Não acho que esses dois universos estejam tão separados assim quanto no passado, a menos que estejamos falando de sitcoms. Tirando elas, fica tudo meio misturado."

A garçonete aparece com nossas bebidas.

"Ah, ótimo", diz Jake. "Muito obrigado." Ele pega os dois copos das mãos dela.

"Mais alguma coisa?", a mulher pergunta.

Jake olha para mim.

"Acho que não", digo. "Obrigada."

O microfone ganha vida. Quando olho para o palco, tem um homem ali.

"Oi, pessoal! Sejam todos bem-vindos! Obrigado por virem até nosso cantinho de Hollywood. Hoje vamos entregar um show ótimo pra vocês, como sempre. Uma boa parte do suprassumo do humor se apresenta aqui. Abrimos todo sábado, e se quiserem apoiar os especiais de quarta à noite acessem nosso site, por favor. Bom. Pra começar, quero que deem as boas-vindas a Vie Rosen!"

O público começa a aplaudir e gritar.

Eu me viro na direção de Jake. "O nome parece familiar."

"Ela é incrível", responde ele.

"Vie é comediante e apresentadora de televisão, além de ter vencido o *Last Comic Standing* de 2016. Filmou quatro especiais para a Netflix e está prestes a voltar pra estrada com a turnê 'Can Buy Me Love'. Com vocês, Vie Rosen!"

Jake se inclina para mim e sussurra no meu ouvido. "Eu estava na Netflix quando ela gravou o primeiro especial. Adoro o humor dela."

Vie entra trotando no palco. Já a vi antes. Apresentava um programa chamado *Bride Wars*. É muito engraçada.

Deve ter um metro e sessenta e oito, usa o cabelo loiro e fino preso em um rabo de cavalo e uma camiseta branca com sutiã preto por baixo. Parece legal. O tipo de garota que recusaria uma noite de fofocas para se apresentar duas vezes no sábado à noite.

"Oi, pessoal. Sejam bem-vindos ao tour de force da comédia. De onde vocês são?"

Algumas pessoas gritam o nome de cidades, e Vie tem uma piada para cada uma delas. "Por que todas as faculdades de elite ficam em cidades pequenas? O miolo do país fica lotado de lugares para onde jovens ricos são enviados para estudar, enquanto os jovens que moram nesses lugares trabalham no Walmart. Talvez se a gente investisse um pouco mais em educação e um pouco menos no hábito de cheirar cocaína dos jogadores de lacrosse as coisas estivessem um pouco melhores."

O humor dela não se foca apenas em piadas — tem a ver com revelação. Cada risada que recebe, e Vie recebe muitas, é imbuída do humor natural da exposição de verdades desconfortáveis. De coisas que fazem parte do nosso cotidiano e não percebemos ou, no mínimo, não mencionamos. É um humor que alivia, no fim das contas. É bom ouvir coisas que você pensa, porém não diz. É bom ouvir uma pessoa sendo honesta, para variar. Passamos grande parte do nosso tempo atualmente bajulando os outros — e Vie aponta isso também.

Depois de uns dez minutos, no máximo, ela sai do palco. Sinto que poderia passar a noite toda ouvindo o que ela tem a dizer.

"Amei", digo a Jake.

Ele responde passando um braço por cima do encosto da minha cadeira.

Depois vem um comediante de vinte e poucos anos chamado Trey Ire que também é muito bom. Minha parte preferida é quando ele fala sobre o trânsito de LA. "O trânsito de Los Angeles é ruim demais. Adiei o término de um namoro uma vez só pra poder usar a pista pra carros com mais de uma pessoa." E: "Tipo, às vezes não posso virar à esquerda em Pasadena porque um piloto resolveu mudar de pista no aeroporto".

Em seguida, vem um cara baixinho que reconheço como um ator de filmes da década passada.

"Não foi esse cara que fez *CHiPs?*", pergunto para Jake. Ele confirma com a cabeça.

O cara é até legal, mas as piadas dele são meio datadas. Reprimo um bocejo. Jake nota.

"Quer ir embora pra comer alguma coisa?", ele me pergunta.

"E o Seinfeld?" gesticulo com a boca.

Jake passa a língua pelos dentes superiores. "Então...", ele começa a dizer. "Ele não vai vir."

"Tem certeza?"

"Absoluta", responde Jake. Parece se sentir culpado, então desembucha: "Não tinha boato nenhum rolando".

O rosto dele é uma mistura de emoções — dá para ver que Jake não tem certeza de como vou receber essa notícia e está se preparando para os possíveis resultados. Também fica claro que não é uma pessoa que mente com frequência, nem que faz isso bem.

"Você inventou essa história do Seinfeld pra que eu concordasse em sair com você?"

Jake confirma com a cabeça. "Bom, existia essa possibilidade, mas, pra ser sincero, era ínfima."

"Como você sabe que gosto do Seinfeld?", pergunto. "E se tivesse dado errado?"

Jake se levanta e me oferece a mão. A palma dele está quente e é cheia de calos. "Até parece", diz ele, entregando minha jaqueta. "Todo mundo adora o Seinfeld."

Dez

Jake me leva ao Pace, em Laurel Canyon, um restaurante que amo desde criança — meu pai me levava ali sempre que íamos ao lado leste da cidade. É italiano com boas opções de pratos para o jantar — porém a principal atração é a localização. Fica na metade do cânion, do lado esquerdo da estrada para quem sobe, e recentemente expandiu o espaço, pegando um pedaço do estacionamento e da lavanderia ao lado. Os melhores lugares são aqueles perto do aquecedor e da janela de vidro com uma placa dizendo LAVA E DOBRA.

"O cânion às vezes me faz lembrar de casa", comenta Jake. "É o único lugar de Los Angeles onde dá pra sentir o cheiro da natureza. Um cheiro de madeira."

"Também dá pra sentir quando tem incêndio."

"É verdade. Mas isso me lembra do inferno, mesmo."

Saído da boca de Jake, o comentário me surpreende.

"Que pesado", digo.

"Desculpa", responde ele. Parece arrependido. "Estou tentando acompanhar você. Acho que perdi a mão."

"Você é sincero", digo. "Gosto disso."

Ele sorri. Vejo suas bochechas corarem.

Estamos comendo: Jake, peixe; eu, um prato de linguine.

"Você volta pra casa com frequência?"

"Eu tento", ele diz. "Não é muito longe, mas a vida atrapalha. Queria que meus pais viessem mais pra cá, só que os dois não gostam de viajar."

"Entendo", digo. Meus pais acham que ir para a Flórida é ir para outro país.

"Quando eu era mais novo, a gente viajava, eu, minha irmã e meus pais. Fomos pra Europa dois verões seguidos e pra Costa Rica um fim de ano. Só que, conforme eles foram envelhecendo, foram perdendo o interesse. Minha mãe gosta de jardinagem, e meu pai joga golfe." Jake dá de ombros. "Eles curtem uma rotina."

"E devem curtir a companhia um do outro", comento.

Jake toma um gole de vinho. "Também."

Não viajávamos muito quando eu era pequena. Íamos para Palm Springs no Natal, para Tahoe no Quatro de Julho, e só. Meus pais eram pessoas sofisticadas e liberais, na maior parte do tempo. Seria de imaginar que tivessem ido pelo menos ao México, porém viajar saía caro, e não era parte do que distinguia nossa vida.

"Como está o macarrão?", pergunta Jake, olhando para o meu prato.

"Bom", digo. "Quer experimentar?"

Ele faz que sim com a cabeça. "Quero, por favor."

Jake não é um homem com receio de dizer o que sente. De olhar para um prato de macarrão e aceitar experimentar.

Enrolo um pouco do linguine no garfo e ofereço a ele. Jake não hesita: envolve o garfo com a boca e pega todo o macarrão.

"Uma delícia", diz, com molho vermelho nos lábios.

Dou risada e balanço a cabeça.

"O que foi?"

"Nada", digo. "Você é bem direto."

Jake sorri. "Vou receber isso como um elogio."

Os olhos dele passam por meu rosto — descendo até os lábios e voltando a subir. Sinto algo ganhando vida entre nós. O espaço antes aberto, brando, quase inquisitivo, agora parece dinâmico e carregado.

"Posso fazer uma pergunta?" diz Jake.

"Isso já é uma pergunta", respondo.

Ele ergue as sobrancelhas, mas não diz nada. Tomo um gole de vinho. "Pode", digo. "Claro. Manda."

Ele me encara. Seus olhos se mantêm fixos nos meus.

"O que você está procurando?"

Pisco algumas vezes. Nenhum homem nunca me perguntou isso. Ou pelo menos não no segundo encontro. Outras pessoas já tinham me perguntado. Amigos; amigos dos meus pais; e uma pessoa de uma agência de encontros uma vez. Mas nunca homens.

"O que todo mundo está procurando", digo.

"E o que é?"

Penso em como explicar. Porque dizer *amor* não me parece bom o bastante, não é exatamente isso que ele está perguntando. Jake quer saber se estou procurando algo sério. Quer saber se tenho espaço para alguém, de verdade.

"Conhecer a pessoa certa, ficar com alguém que tenho vontade de ver pela manhã, pelado. Alguém com quem não tenho medo de enfrentar um dia ruim. Ser feliz, acho."

Jake assente, devagar. Não sei se gostou da resposta que dei. Não parece decepcionado nem aliviado.

"E você, o que está procurando?", pergunto, embora imagine que já saiba.

Ele não tira os olhos dos meus. E então eu percebo. Jake está prestes a me contar uma coisa desconfortável. As pessoas sempre parecem meio arrependidas quando estão prestes a dizer algo que vai machucar. "Já fui casado", ele diz. "A gente era bem jovem quando começou a namorar."

Não reajo. Deixo que continue falando.

"Foi na escola, e a gente se casou logo depois de se formar na faculdade."

"Em Seattle?"

Jake confirma com a cabeça.

"Beatrice", ele diz. "Mas todo mundo a chamava de Bea."

Sinto algo frio se espalhando pelas minhas costas vindo dos ombros. Algo que envolve e inunda meu esterno.

"Você nunca se divorciou", digo.

Jake balança a cabeça. "A gente tinha só vinte e sete. No diagnóstico constataram que era agressivo. Deram um ano e meio para Bea, mas ela só viveu mais um ano."

Vejo lágrimas encherem seus olhos. Ele está totalmente vulnerável. Exposto. Minhas mãos começam a formigar. Eu as enfio debaixo do corpo e cruzo as pernas.

"Sinto muito", digo. "Deve ter sido devastador."

Ele engole em seco. Não está tentando esconder suas emoções, tampouco tentando extravasá-las. Estou familiarizada com essa dança, aquele intervalo entre ser aberto e dar trabalho. Com a arte sofisticada de um encontro.

"Foi a coisa mais difícil por que já passei", ele diz. "Claro. Ainda sinto falta dela todo santo dia."

"Sinto muito", repito. Não tenho certeza do que devo dizer ou de como devo dizer. E sinto algo mais. Um recuo. Quero me afastar do que ele acabou de compartilhar. Estamos no nosso segundo encontro. Talvez seja cedo demais, mesmo. Parece algo particular dele.

O que não dizem sobre sair com alguém é que é difícil ser verdadeiro, mas é ainda mais difícil deixar que a outra pessoa seja.

Então é como se Jake percebesse isso também, porque vejo que ele se controla, se reorienta. Por um breve momento, odeio a incapacidade que demonstro ao lidar com isso. Odeio não ter me mostrado à altura do momento, que agora já passou.

"Você sabe o que dizem sobre viúvos?"

Procuro me recompor. "Que são bons de cama?"

Jake solta uma risada. Uma risada genuína, com vontade. "Que perder a esposa deixa as outras coisas em perspectiva." Jake pega minha mão sobre a mesa. Sinto os dedos dele quentes, muito embora a noite esteja fresca. Quero continuar segurando a mão dele. "Desculpa se isso acabou ficando pesado demais."

"A vida é pesada."

"Isso não te assusta?"

Penso a respeito. *Não, sim.* "Deveria assustar?"

"Acho que depende", responde ele. "Por exemplo, não sou mais tão bom em parecer casual."

Penso no papel. No espaço em branco. Em Martin, de Paris, e em Noah, de San Francisco, e em Hugo, de Los Angeles. Penso em todos os planos cancelados, mensagens de texto que passaram despercebidas, falhas de comunicação. Penso em todas as vezes que alguém disse: *Não achei que isso fosse tão importante.*

"Então está procurando algo sério", digo.

Jake dá de ombros. "Não acho que sério seja o oposto de casual."

"Então qual é?"

Jake olha para mim. Os olhos cor de avelã dele parecem quase dourados sob a luz quente — pequenas partículas de luz do sol. "Intenso", ele diz. "O oposto de casual é intenso."

Onze

STUART

Stuart e eu nos conhecemos no ensino médio. Ele era todo avançadinho — o tipo de aluno que os professores temiam que os desafiasse, porque em geral estava certo. O QI dele era o maior da turma (a gente fazia testes de QI nessa época, o que me parece meio problemático, quando paro para pensar). Também fazia as melhores anotações das aulas, e seus cadernos eram famosos. Tinham todo um código por cores, eram divididos por matérias e contavam com referências dos livros didáticos, sem esquecer o número da página. Os boatos eram de que os cadernos continuavam em circulação. Naturalmente, Stuart era responsável por organizar os grupos de estudos, se você tivesse a sorte de cair na turma dele.

Eu não tinha. Estava mais concentrada em ser beijada que em entrar na faculdade. Fazia mais de uma década que aquilo despertava minha curiosidade, porém ainda não havia acontecido. Entre o quinto ano do fundamental e o último do ensino médio, não recebi nenhum papelzinho. Stuart estava no mesmo ano que eu, o último, e logo nos tornamos amigos. Estávamos ambos na equipe de debate e éramos ótimos naquilo.

Meus pais o amavam. Ele não era judeu, porém preenchia todos os outros requisitos. Era inteligente, sofisticado e com certeza ia para uma faculdade de ponta. Nossa relação não era romântica, só tínhamos os mesmos interesses — e, acima de tudo, nos considerávamos melhores que os outros alunos. Ambos gostávamos de romances russos, jantares festivos e de fingir que entendíamos de vinho. Foi só sete anos depois, quando trombei com ele em Nova York, que Stuart se tornou uma possibilidade.

Eu estava visitando uma amiga de faculdade, Alisa, e demos com Stuart na fila do Sadelle's numa manhã de sábado em maio. Ele estava com uma cara ótima. Mais que isso, na verdade. Ele parecia alguém *famoso*.

Na época da escola, Stuart era branquelo e meio cheinho, com aquele tipo de inteligência evidente que beirava o pedantismo. Agora, parecia mais um banqueiro que acordava às quatro da manhã para malhar antes que o mercado abrisse e tinha o número da melhor floricultura da cidade na discagem rápida.

"Oi, Daphne." Ele me deu um abraço caloroso e me apresentou imediatamente ao homem com quem estava, um senhor bem mais velho chamado Ted. "O que está fazendo aqui?"

Expliquei que estava na cidade para visitar Alisa — que logo tratou de se apresentar — e que ficaria só aquele fim de semana, pois ainda morava em Los Angeles.

"Não sinto nem um pouco falta de lá", ele comentou. "Acredita?"

Eu havia me mudado de volta para a casa dos meus pais, temporariamente. "Acredito, claro."

Acabamos pedindo e comendo juntos, e quando terminamos Stuart me perguntou se eu não queria sair para jantar aquela noite.

"Se tiver tempo, claro", ele disse. "Seria ótimo conversar um pouco mais."

Notei o jeito que a camiseta que ele usava se colava ao peito quando ele se movia. O jeito como ele se levantava toda vez que Alisa ou eu nos levantávamos da mesa para ir ao banheiro.

"Seria ótimo", eu disse.

◆

Ele me pegou na casa de Alisa às oito. Na época, ela morava no East Village, no terceiro andar de um prédio sem elevador que milagrosamente conseguia pagar sozinha. Havia muito tempo eu tinha me conformado que o sonho de morar em Nova York nunca se concretizaria para mim. Não porque eu achasse que não fosse conseguir me dar bem na cidade ou porque achasse que não fosse conseguir dar um jeito de viver ali com pouco dinheiro, mas porque minha vida estava, claramente, indo para outra direção. Por mais que eu quisesse, na época, e depois acabaria conseguindo, colocar a interestadual 405 entre mim e meus pais, sabia que não queria metade do país entre nós. Sabia que não suportaria a distância. Dependia deles de maneiras que não achava que minha versão de vinte e cinco anos deveria depender. Por outro lado, não sabia como me livrar daquilo. Eu ainda levaria dois anos para conseguir o trabalho de assistente na tevê, e parecia que tudo o que havia feito desde a faculdade tinha sido pular de um cargo de iniciante para outro.

Ainda assim, eu amava Nova York. O modo como sempre parecia que as coisas se encaixavam. Em Los Angeles, as coisas se dispersam, cozinham a fogo lento, bocejam. Em Nova York, elas se conectam, soltam faíscas, colidem.

"Você está ótima", disse Stuart.

Eu vestia uma pantalona preta e uma blusa branca de renda cuja barra terminava um pouco acima do umbigo. Usava sandálias pretas de tira que havia pegado emprestado com Alisa e brincos de pena compridos.

"Obrigada", falei. "Você também."

Ele usava camisa e jeans escuro, e estava tão bonito quanto de manhã, senão mais.

Stuart me levou ao ABC Kitchen, um restaurante grande e arejado no Flatiron District. Foi ele quem fez o pedido: pão sírio, cenouras grelhadas com cominho, rabanete na manteiga, salada, batatas fritas e peixe. E uma garrafa de cabernet.

Não é que Stuart fosse só bem-sucedido — descobri que trabalhava para um banco, como imaginava, e era o mais novo de seus sócios. Ele também havia se tornado tão interessante quanto eu sempre imaginara que se tornaria. Tinha acabado de concluir um curso de mergulho. Estava na lista de espera para ir para a República do Congo a fim de fazer trilhas entre os gorilas. E, em seu tempo livre, havia fundado e vendido uma startup de aulas de reforço que agora valia cerca de vinte milhões de dólares.

"Como estão as coisas em Los Angeles?", ele me perguntou.

No ensino médio, Stuart e eu tínhamos nos aproximado porque nos sentíamos especiais, diferentes, melhores que os outros colegas da escola, que tomavam frozen yogurt da Bigg Chill e carregavam bolsas da Louis Vuitton como se só existisse uma forma de fazer parte de um grupo. Stuart, no entanto, havia atingido todo o seu potencial. Tinha algo para mostrar. Enquanto eu não sabia muito bem o que dizer a meu próprio respeito.

"Ainda estou me encontrando", falei. "Pensei em cursar direito depois de me formar, só que não me saí bem na prova de admissão."

"Nossa, direito", ele comentou. "Não é pra mim."

"Bom, parece que pra mim também não."

Na verdade, eu temia que minha bravata juvenil tivesse se estendido um pouco demais. O tempo passara, e eu continuava descuidada e sem saber o que fazer. Não que eu não tivesse mais esperanças e sonhos para mim mesma. Aos vinte e cinco, ainda havia muito que queria realizar, porém eu me sentia empacada. Não sabia quais deviam ser meus próximos passos ou em que direção eu deveria seguir. Parecia que todas as pessoas de trinta anos tinham carreiras bem-sucedidas, e me faltando apenas cinco anos para chegar lá eu sentia que não seria meu caso.

"Independente do que faça, você é brilhante. Sempre foi. Tinha algo de especial em você que fazia todo mundo querer ficar por perto. Você era legal. Começou o campeonato de tênis de mesa, e o pessoal ficava depois da aula pra participar."

"Tecnicamente, era pingue-pongue."

"Viu?", insistiu Stuart. "Você era muito legal. Eu era louco por você na época."

Senti meu corpo ficando vermelho em resposta. Eu sempre soubera daquilo, claro. Meus pais tinham comentado, assim como meus colegas de classe, e até a professora de espanhol achava que a gente passava tempo demais juntos. Porém, eu não via Stuart daquela maneira. Ele era *o amigo*, e não *o cara*.

Anos depois, sentada na frente dele, pensei em como havia me enganado redondamente.

"Ah, vai", eu falei. "A gente era amigo."

"Verdade, mas eu ainda era um adolescente. Você era linda e inteligente, e não me dava a menor bola."

"Dava, sim", falei. "Só que eu era boa em disfarçar."

Stuart se inclinou na minha direção e pegou de leve meu indicador usando dois dedos. "E agora?"

"Ah", falei. "Agora sou *ótima* em disfarçar."

O apartamento de Stuart ficava no East River. As paredes eram cobertas quase por completo de janelas. Havia um sofá cinza, um conjunto de cadeiras brancas e mais aço inoxidável do que eu me lembrava de ter visto em *Psicopata americano*. E a vista... a vista era de tirar o fôlego.

Ele nos serviu uma taça de vinho e se acomodou no sofá. "Vem aqui", disse.

Eu fui.

Stuart passou o braço em volta de mim. Apoiei a cabeça em seu ombro e depois a levantei. Ele cheirava a desodorante — masculino e limpo.

"Pensei bastante em você ao longo dos anos."

Olhei para ele. "É mesmo?"

Stuart assentiu. "Sempre pensei em entrar em contato, em ver como você estava, mas a vida atrapalhava. Essa noite parece coisa do destino."

Fazia já um bom tempo que eu não me sentia tão desejada. Também me sentia poderosa, inebriada e plena pensando em todos aqueles anos. Eu me lembrava de como ele era esperto, inteligente, atencioso.

"Vou pra Los Angeles no mês que vem, a trabalho", disse Stuart. "Adoraria te encontrar de novo."

Olhei para ele outra vez. O rosto dele estava convidativo.

"Estou aqui agora", eu disse.

Stuart se inclinou na minha direção. Colocou a mão espalmada em minha bochecha. "Verdade", ele disse.

Então me beijou — e foi um bom beijo, intenso. Um beijo sólido. Do tipo que dura tanto que você precisa respirar no rosto do outro.

"Gosto de você", ele disse. "Gosto muito de você."

"Também gosto de você", falei.

Uma fantasia começou a ganhar vida em minha cabeça. Stuart e eu, nos encontrando tantos anos depois. Eu, a namorada ousada, livre, ainda à procura. Ele, o namorado consistente, bem-sucedido, charmoso. Daríamos jantares incríveis, armados do conhecimento que antes não tínhamos. As pessoas olhariam para a gente e diriam: *Dá para acreditar? Os dois se conheceram na escola.*

O sexo foi bom. Stuart levava jeito. Ele me colocou por cima e beijou meu pescoço com intensidade, com a boca aberta. Senti meu corpo se dobrando na direção dele, abrindo-se de uma maneira que eu não me lembrava de ter acontecido recentemente, talvez nunca.

As mãos dele desceram pelas minhas costas, massageando, soltando os músculos dos meus ombros.

Ele manteve a boca no meu pescoço e levou a mão da minha barriga para entre minhas pernas. Senti que o pressionava, querendo atrito, querendo me esfregar em algo.

"Ei", ele sussurrou no meu ouvido. "Temos tempo."

Então, devagar, Stuart começou a traçar círculos com os dedos. E eu soltei o ar que segurava.

Quando terminamos, fui ao banheiro vestindo a camisa dele. Joguei água no rosto, notando minhas bochechas coradas. Era verdade o que diziam: uma vida sexual ativa faz maravilhas para a pele. Eu voltaria para Los Angeles no dia seguinte, porém já estava pensando em prolongar a viagem. Não tinha nada de importante me esperando, e podia passar mais alguns dias ali. A gente podia voltar a se aproximar. Preencher as lacunas dos sete anos anteriores. Fiz um bochecho com um pouco de pasta de dente e voltei para o quarto.

Quando cheguei, Stuart estava sentado, programando o alarme. Eu me sentei ao lado dele.

"Ei", disse Stuart, beijando de leve minha têmpora. "Olha, tenho que acordar supercedo amanhã." Ele me mostrou o despertador, como se provasse alguma coisa. "Seria muito ruim se eu te ligasse amanhã de manhã?"

Baixei os olhos para o meu corpo — para a camisa dele, ainda aberta. Para minha metade inferior nua. Então fechei-a em volta do corpo. "Você quer que eu vá embora, é isso?"

"Você ficou chateada. Não fica chateada. É que eu durmo igual um animal e não vou poder dormir nem quatro horas se for deitar agora."

"Tudo bem", respondi.

Recolhi minhas roupas com ele me olhando. Vesti a calça e a blusa, virando de costas para que ele não visse meu peito nu. Calcei as sandálias.

"Você viu meu brinco?", perguntei.

"Ah!", Stuart falou, animado. Então pegou-os na mesa de cabeceira e os entregou para mim.

Estendi a mão para pegá-los. Stuart os afastou e usou a outra mão para agarrar minha cintura e me puxar para um beijo.

"Foi muito divertido", ele disse. "Que bom que trombei com você."

Coloquei os brincos na orelha. De repente, me sentia uma árvore de Natal no dia 26 de dezembro.

"É", eu falei. "Foi divertido."

Ele me acompanhou até a porta. Me deu um beijo de despedida. Não se falou mais em uma ida a Los Angeles. Não se falou mais sobre nada.

Lá fora, a noite estava fria. Cruzei os braços diante do peito e comecei a andar para oeste, me afastando da água. Depois de mais ou menos um quarteirão, notei algo preso à sola da sandália. Eu me debrucei e usei a mão direita para pegar o papel.

Stuart, uma noite.

Enfiei o papel na bolsa e segui em frente.

Doze

Aos domingos, Hugo e eu vamos à feira em Melrose Place — que é realizada ao ar livre e tem seis barracas, bagels excelentes e um feta maravilhoso com tomate seco. Ainda fica perto do Alfred, um café que faz o melhor latte gelado do mundo.

Além de comida, vendem os mais lindos buquês de rosas — roxas, cor-de-rosa e vinho. E também girassóis gigantescos. Tem até uma barraca de roupas, que vende casacos de patchwork no inverno e cangas no verão parecidas com a que as pessoas usam no Coachella. Amo essa feira. E amaria ainda mais se Hugo não fizesse a gente chegar antes das dez da manhã.

Todo dia de manhã, Hugo corre dez quilômetros logo depois de acordar, e o trajeto dessa corrida termina bem no meu apartamento. Ele acaba aparecendo umas nove, quando estou acordando, e vamos juntos, com Murphy me seguindo de perto. Virou uma espécie de ritual de fim de semana quando ambos estamos na cidade — que no meu caso é sempre, e no dele, raramente.

Às nove e três, Hugo me manda uma mensagem da calçada. Cadê você?

Visto um moletom e enfio a cabeça para fora da porta. Ele está de shorts e uma camiseta preta daqueles tecidos feitos para suar. Tem uma braçadeira em volta do bíceps para guardar o iPhone, no qual, no momento, está digitando.

"Preciso de dois minutos", digo.

Ele tira um fone de ouvido. "Oi", diz. "Bom dia."

"Quer entrar?"

Hugo balança a cabeça. "Não, quero que você saia."

Fecho a porta sem responder e enfio os pés nas minhas Birkenstocks preferidas, laranja-queimado. Pego a carteira e minha sacola i ❤ ny da bancada e saio com as chaves.

Eu me junto a Hugo na calçada. Murphy fica em casa. Mostrei a coleira para ele, que nem levantou a cabeça.

"Parece que você se divertiu ontem à noite", ele diz, quando finalmente saio de casa.

"Parece?" Estou de short de academia e camiseta larga.

Hugo olha para mim. "Sei lá, né, você parece cansada."

"Nossa, que elogio." Ponho a alça da sacola no ombro, mas Hugo a tira de mim para carregá-la ele mesmo.

Depois do jantar no Pace, Jake me deixou em casa. E não me beijou. Achei que ele fosse me beijar, porém só se inclinou e beijou minha bochecha, igual ao outro dia, depois perguntou se podíamos nos ver na sexta.

Hugo não diz nada, e nós começamos a andar.

"A gente não se beijou ontem à noite", solto. "Foi o segundo encontro. Como você explicaria isso?"

Hugo guarda o celular no bolso. "Você deixou claro que queria?"

Penso em mim e em Jake na porta de casa. Eu queria que ele me beijasse. E parecia que ele também queria me beijar. "Tinha clima", digo.

Hugo pensa um pouco a respeito. "Talvez ele ainda não esteja tão a fim de você." Ele estala os dedos como se tivesse acabado de ter uma ideia. "Aposto que você nunca pensou nisso. Você sabe que é ele, mas ele não sabe que é você!"

Viro o pescoço. "Tá, em primeiro lugar, vai se foder. Em segundo lugar, parece que ele está, sim. Tem algo rolando entre a gente, isso é certeza." Respiro fundo. "Ele foi casado. Me contou ontem à noite. Talvez seja isso?"

Hugo cutuca meu cotovelo para que eu suba na calçada por causa de um carro passando. "Então ele é recém-divorciado ou qualquer coisa assim?"

Balanço a cabeça. "A esposa morreu. Faz uns seis ou sete anos."

Hugo olha para mim. "Nossa", ele diz. "Coitado."

Volto para a rua e continuo andando. "Jake passou por bastante coisa. Tem algo de especial nele, acho. Falando sério. Ele parece... sei lá. Genuíno."

Hugo alonga um braço acima da cabeça. "Isso é bom, né?"

"É", digo. "Claro."

Ele levanta o outro braço e depois torce o corpo para a direita e para a esquerda, tentando estalar as costas.

"É estranho a gente falar sobre isso?"

Em geral, Hugo e eu falamos sobre a vida amorosa dele, e não a minha. E, quando falamos sobre a minha, é sempre rapidamente. Raras vezes mergulhamos nos sentimentos.

"Por quê?"

"Porque você está se alongando como se estivéssemos em 1988."

"Ai", ele diz, mas para o que está fazendo. "Bom, acho que é meio esquisito, sim. Mas eu te amo, então tudo bem." Hugo passa um braço por cima dos meus ombros e aperta de leve antes de me soltar.

"Como foi a sua noite?", pergunto.

Ele dá de ombros. "Natalie e eu fomos ao San Vicente Bungalows para tomar umas e depois voltamos pra casa e pedimos Night Market."

"Vocês pediram delivery num sábado?"

"Ah, eu sei. Em geral eu sou bem vida louca assim. Mas, sinceramente, eu não estava muito na vibe de me sentar em um restaurante. A gente viu *Shark Tank*, e às onze eu já estava dormindo."

"Você odeia *Shark Tank*."

Hugo dá de ombros. "Não chega a ofender."

Olho para ele. Os óculos escuros que usa estão presos na gola da camiseta, e seus olhos me encaram como se perguntassem: *O que foi?*

"Você gosta dela."

"Gosto de Kevin O'Leary."

"Não", digo. "Você gosta dela. Estão agindo feito um casal de namorados."

Chegamos à entrada da feira. Hugo estende a mão como quem diz: *Você primeiro.*

"Mas eu só queria lembrar", comenta ele, "que quem está comigo aqui na feira é você."

"Tá, mas quando a gente estava namorando você não vinha comigo também."

Hugo segue na direção da barraca de bagels. "Você quer com sementes?"

"Quero. Também quero uva-passa."

Ele diz alguma outra coisa, mas já estou mais adiante, atraída pelos girassóis. Tem uma coisa boa em chegar assim tão cedo: depois das dez, não sobra nenhum.

◆

Levamos as compras para o meu apartamento e faço um café para o Hugo e um para mim na prensa francesa, usando o vaporizador de leite da Nespresso. Torro dois bagels e começo a cortar os tomates, dourar as cebolas e fazer os ovos mexidos. Coloco um pouco de ovo na ração de Murph, que aceita como se isso fosse um dever meu.

Hugo se senta na banqueta da bancada e fica digitando no celular. "Por que seu Wi-Fi sempre me expulsa?", ele pergunta. Mas já estou acostumada. Ele reclama da mesma coisa todo fim de semana.

Quando estávamos juntos, eu odiava o celular de Hugo. Parecia que o afastava de mim, e eu o queria por inteiro — tanto quanto possível. Ainda me lembro da frustração em certos momentos — as manhãs em que tínhamos pouco tempo, às vezes apenas alguns minutos, para ficar juntos, e ele respondia e-mails furiosamente antes de sair correndo para uma reunião. Naquela época eu sentia como se estivessem me roubando alguma coisa, que ele, de propósito, estava impedindo o tipo de relacionamento que poderíamos ter. Mas talvez minha necessidade de aproveitar cada instante viesse do fato de que eu sabia que nosso tempo era limitado. Estávamos fadados a terminar, e eu queria extrair tudo o que podia antes que isso acontecesse.

Agora, no entanto, isso não me incomoda mais.

Por cima do ombro de Hugo, dou uma olhada no meu apartamento. Admito que nos últimos anos o lugar passou de monocromático a bastante eclético. A interpretação menos simpática é que acumulei coisas demais. Fiquei com alguns móveis dos meus pais, uma mesinha de canto que encontrei na rua e mandei reformar, muito embora não houvesse espaço para ela, por causa da mesinha de centro. E apertado atrás do sofá tem um bufê que eu precisei comprar, porque estava em promoção na Ligne Roset. Hugo está sentado em uma das duas banquetas de madeira que comprei há três anos de um carpinteiro em Silver Lake, muito embora minhas cadeiras de jantar já bastassem. Preciso fazer uma limpa.

E digo isso para Hugo.

"Jura?", ele diz, sem nem levantar os olhos. "Está começando a parecer uma daquelas acumuladoras. Estou pensando em inscrever você na TNT."

"TLC."

"Isso."

Volto minha atenção aos ovos e torro os bagels mais um pouco.

"Você vai comer inteiro ou metade?", pergunto.

"Estou tentando reduzir o carboidrato, mas sendo realista vou comer os dois."

Ouço quando ele deixa o celular de lado. Volto a me virar para a bancada e minha caneca de café.

"Então, olha só", diz Hugo, e apoia os cotovelos na bancada. "Depois que rolar com esse cara, vamos sair todos juntos."

Tomo um gole. O café está forte e quente. Gosto de café tão forte que chega quase a ser sólido. "Você quer fazer um encontro de casal?"

Hugo sorri. "Claro que não. Quero levar vocês dois pra beber e avaliar a situação."

Deixo a xícara de lado. "E vai levar Natalie."

"Posso acabar passando a impressão errada."

"Que impressão? De que vocês estão juntos? Porque vocês estão."

Hugo balança a cabeça. "Não, de que estamos mais envolvidos do que realmente estamos."

"As pessoas querem se envolver", digo.

Hugo olha para mim. "E quem disse que eu não estou me envolvendo? Fora que ela sabe que você é importante pra mim."

"E isso é ruim?"

Ele dá de ombros. "De jeito nenhum. Só que é um negócio bem mais sério do que o nosso relacionamento agora. Conhecer você seria como conhecer minha família."

Chega uma notificação no celular de Hugo, e ele volta a pegá-lo. "Como estão seus pais, aliás? Não vejo os dois desde... quando foi? O Rosh Hashaná?"

"O Pessach."

"Isso aí. Às vezes eu acho que seu pai ainda queria que as coisas tivessem dado certo entre a gente."

Ponho um pouco de ovos mexidos em um prato, acrescento o tomate fatiado e as cebolas e passo para Hugo. "Acho que não."

"Acredita em mim, Daph. A única coisa que sua mãe queria mais do que você se casar comigo era ela mesma se casar."

Meus pais amam mesmo o Hugo, mas daquele jeito que todos os pais amam homens altos, ricos e solteiros. Nunca achei que tivesse muito a ver com ele, especificamente.

Pego meu prato, coloco os bagels cortados ao meio em uma cumbuca de madeira e espalho opções pela bancada: homus com manjericão, pesto vegano, abacate, uma pastinha com endro, e cream cheese com cebolinha.

"Você me mima demais", diz Hugo.

"De nada."

Comemos. Os ovos passaram um pouco do ponto, mas o resto está ótimo.

"Jake sabe que você faz refeições assim?"

"Ainda não."

"Vai ficar sabendo."

Passo um pouco de cream cheese com cebolinha em uma metade de bagel. "Vamos ver", digo.

"Nada de vamos ver", diz Hugo. "Temos uma prova concreta de que vai acontecer."

"Você acha mesmo que vai ser pra sempre?", pergunto.

O papel em branco me fez pensar no último dia. Desde que Jake me perguntou o que estou procurando e não nos beijamos. Sei que ele é um cara legal. Isso ficou óbvio assim que o conheci. Mas não estou muito segura de que é ele. E se ele esperar de mim mais do que posso dar?

"Você não acha?"

Penso a respeito. "Acho", digo. "Claro."

"Então pronto."

Hugo se oferece para lavar a louça, e eu deixo que o faça enquanto guardo tudo na geladeira e limpo a bancada. Preciso estar na casa dos meus pais em uma hora, e demoro quarenta e cinco minutos para chegar lá.

"Tenho que conhecer esse cara", diz Hugo, quando estamos nos despedindo. "Vamos marcar."

Murphy vai até Hugo, que está parado na porta, e olha para ele.

"Oi", diz Hugo. "Espero que esteja tendo um bom dia, Murphy."

Murphy e Hugo se dão bem, e grande parte disso se deve a como eles se comportam como polidos desconhecidos. Hugo concede a Murphy todo o espaço de que ele precisa, e por sua vez Murphy não exige que ele o trate como um cachorro.

Solto o trinco e abro a porta. Hugo me dá um abraço rápido e sai.

"Mas não vai querer conhecer ele para marcar território, entendido?", digo.

Murphy fica ao meu lado. Eu me abaixo para pegá-lo. Ele não fica muito feliz, mas não se debate.

Hugo balança a cabeça. "Que ridículo", retruca. "Você não é meu território."

Fico vendo enquanto ele coloca os fones de ouvido.

"Nunca foi."

Com um aceno, Hugo desce a rua na direção da Fountain. Tenho vontade de perguntar o que ele quis dizer com isso, porém ele se afasta correndo antes que eu consiga chamar a sua atenção.

Treze

NOAH

CINCO SEMANAS

Ouvi seu sotaque sulista antes mesmo de vê-lo.

"Não tem como errarrr."

Os erres de Noah pareciam quilométricos. Ondas se quebrando.

"Oi", falei. "Daphne. Muito prazer."

Eu estava sentada no bar do Smuggler's Cove — um lugar meio havaiano conhecido por seus drinques com rum e seu salão amplo.

"Noah", disse ele. "O prazer é todo meu."

Ele era alto — devia ter quase um metro e noventa —, tinha cabelos loiros desgrenhados e olhos azuis. Parecia um pouco com Owen Wilson, e você nem precisava apertar os olhos pra notar a semelhança.

Noah e eu tínhamos dado match no Bumble no dia anterior. Eu havia acabado de chegar a San Francisco e estava hospedada em um hotel próximo até encontrar algo permanente, aquela liberdade inebriante de quem está na segunda metade dos vinte anos me deixando elétrica. Tinha acabado de terminar um longo namoro com um cara que conhecera na faculdade, estava longe de casa pela primeira vez na vida e pronta para sair com um Noah. Na verdade, estava pronta para sair com alguns Noahs.

Ele se sentou ao meu lado, montando no banquinho como se fosse uma sela, e acenou para a atendente. "Está a fim de uma aventura, Daphne?"

Eu estava.

"Traz alguma coisa forte e especial pra gente", pediu Noah.

A atendente, uma mulher de trinta e poucos anos com tatuagens que cobriam os dois braços, pôs mãos à obra.

"Você já veio aqui?", Noah me perguntou.

Balancei a cabeça. "Cheguei ontem." Tinha escolhido aquele bar porque fora o primeiro que aparecera no Google e que ficava perto de casa.

"Na cidade?"

"É. Acabei de me mudar de Los Angeles. Nem tenho apartamento ainda. Tô no Hilton pelos próximos dias", falei, apontando na direção geral do hotel.

"E o que te trouxe aqui?"

"Um emprego", falei, com orgulho. Era meu primeiro emprego de gente grande. "Vou trabalhar numa empresa de tecnologia."

"A indústria da tecnologia é bem importante aqui."

"Você é estudante, né?"

Eu sabia que ele estava fazendo doutorado.

"Estudo meteorologia."

"Uau", falei. "Acho que nunca conheci ninguém que estudasse meteorologia."

"Amo esse assunto desde que era pequeno."

A atendente serviu nossas bebidas em copos grandes e redondos. Noah pegou o dele e bateu contra a lateral do meu. Tomei um gole. Tinha gosto de suco de pozinho com rum e gengibre. Um horror.

Noah lambeu os lábios e fechou os olhos. "Nossa, não", ele disse. Depois olhou na minha direção. Pareceu me avaliar de verdade pela primeira vez. "E se a gente fosse tomar uma cerveja?"

"Por favor."

Noah pôs uma nota de vinte e outra de dez no balcão, depois pegou minha mão. "Só vamos ter que fazer uma paradinha antes."

Senti a mão dele na minha. Era grande e larga. Meus dedos pareciam estranhamente pequenos, quase escondidos. Gostei.

A noite estava agradável e quente. O verão estava só no começo, e as possibilidades eram infinitas. Começamos a andar. Ele não soltou minha mão de imediato.

"Aonde vamos?", perguntei.

"Ver as Painted Ladies", ele falou.

Começamos a subir um morro. Tive que sinalizar para irmos mais devagar. Eu não estava tão em forma assim para perambular por San Francisco. Quando chegamos lá em cima, entendi do que ele estava falando. As Painted Ladies são sete casas geminadas que ficam na frente do Alamo Square Park. E são lindas, com detalhes vitorianos e coloridas — azuis, amarelas e às vezes têm até um toque de vermelho, embora as cores tenham desbotado com o tempo.

Painted Ladies foram feitas por toda a cidade durante a corrida do ouro a fim de ostentar a riqueza crescente dos moradores da cidade. Hoje em dia são lindos marcos históricos.

Ficamos no parque, do outro lado da rua, olhando para elas.

"Uma delas é a casa da série *Full House*?", perguntei.

"Elas aparecem na abertura. Mas a casa de verdade fica em outro lugar."

Parece que consigo até ouvir a música-tema na minha cabeça. Acho uma graça, e nem um pouco a cara de Noah, que ele soubesse disso. Pensei que não fosse saber do que eu estava falando.

"Chamam essas casas de Cartão-Postal, ou Sete Irmãs", comentou ele. "Não venho muito aqui. Mas, quando venho, gosto de dar uma passada."

"Por quê?", perguntei. Não me parecia nada a cara dele. Mas na verdade nada ali parecia ser a cara de Noah. Ele era um texano morando em San Francisco que gostava de estudar o céu.

Noah riu. Era a primeira vez que eu ouvia a risada dele. Me pareceu muito original. Do tipo que dá vontade de gravar para usar como toque de celular. Pensando agora em retrospecto, percebo que esse foi o momento. O momento em que decidi embarcar em qualquer viagem que ele sugerisse.

"Gosto de ver aquilo por que os lugares são conhecidos. Me ajuda a entendê-los."

Crescendo em Los Angeles, sempre achei que os turistas armados de câmeras na Rodeo Drive ou animados para pegar o ônibus turístico para ter a melhor vista do letreiro de Hollywood eram, em resumo, uns desesperados. As viseiras e pochetes que usavam me deixavam constrangida, assim como o jeitão de recém-chegados. Como não se importavam de dar na cara daquele jeito? De serem tão óbvios? Era grotesco. Mas agora que eu era a novata em um lugar diferente — de certa maneira, pela primeira vez na vida —, eu entendia. Aquela admiração por ver algo tão famoso, tão conhecido. Por testemunhar um lugar tão célebre.

Coisas que sobreviverão a nós.

"E, se olhar para cima numa noite como a de hoje, dá para ver a constelação do grande carro." Noah levou a palma da mão até minha nuca. Eu a senti. Ergui o queixo e olhei para cima. O céu parecia uma tela, uma estrada ampla.

"Você estuda as estrelas", falei, com a cabeça ainda inclinada.

Noah se moveu atrás de mim. Senti a presença de seu corpo, a outra mão dele encontrando minha cintura.

"Eu estudo atmosfera", disse ele. "Estudo por que conseguimos ver as estrelas."

Endireitei a cabeça. Ele tirou a mão da minha cintura. De repente, me dei conta de que estava muito longe de casa. De que aquela vida me era desconhecida. Eu ainda estava sendo apresentada a ela.

"Vamos beber alguma coisa", disse ele.

Fomos a um barzinho local, tomamos cerveja e comemos batata frita, e quando Noah finalmente me acompanhou de volta até o Hilton — um pouco bêbada e inchada de tanto sal — senti algo surgir dentro de mim. Um desejo. Uma vontade de algo diferente. Quem quer que fosse ele, independentemente do que tivesse para me oferecer, eu queria mais daquilo naquela noite mesmo.

"Você tem planos para o fim de semana?", Noah me perguntou, sob o capacho. As portas automáticas se abriram e se fecharam enquanto eu tomava uma decisão. Dentro ou fora.

"Você é a única pessoa que conheço em San Francisco", falei.

"Bom, se isso não é um convite, não sei o que é."

Quando entrei, uma recepcionista acenou para mim. Me entregou um envelope. "Isso aqui chegou para você", disse ela.

Cinco semanas.

Me arrepiei toda. Me senti viva. Exatamente como queria me sentir. Respirando. Vibrando. Presente.

Cinco semanas. Eu aceito, obrigada.

Catorze

"Querida, olha só, preciso que você me traga uma dúzia de donuts daquele lugar na Terceira Avenida que faz uns sem glúten. Amy vai vir, e se não servirmos versões sem glúten de tudo o que tem na mesa ela não vai me deixar em paz."

"Por que uma dúzia?" Estou enrolada numa toalha, água escorrendo das minhas costas para o piso frio.

Do outro lado da linha, minha mãe pigarreia. "E se forem bons?"

"Manda pra mim por mensagem quais você quer, e eu pego a caminho daí."

"Ótimo, *mummashanna*. Vem arrumada. Nunca se sabe."

"Mãe, eu tô indo para um brunch na sua casa."

"As pessoas têm amigos! E dirige com cuidado. Não precisa correr."

Ela desliga, e eu enrolo uma toalha no cabelo, seco o corpo, passo hidratante e visto um roupão atoalhado gigante.

Tento não olhar para o meu corpo quando estou sem roupa. Todas as sardas, cicatrizes e marcas de nascença se expandindo e contraindo. Li em uma revista que toda mulher deveria passar cinco minutos por dia olhando para o próprio corpo nu. Eu preferiria me jogar da janela.

Penteio o cabelo e passo um creme. Vai ficar liso quando secar, porque sempre fica, mas, com sorte, a quantidade certa de vento vai conferir um pouco de volume, como se eu tivesse acabado de sair de um conversível.

O vestido vintage florido que comprei recentemente na Decades, em Melrose, está pendurado na porta do guarda-roupa. É branco, estampado de florzinhas azuis e com mangas bem curtas. Visto e depois coloco por cima um casaquinho de tricô trançado cor creme e mocassins marrons. Faço uma maquiagem leve e saio.

Nunca dá para saber se vai ter trânsito para pegar a Sunset no fim de semana, mas hoje dou sorte e acabo chegando à casa dos meus pais em meia hora, um recorde.

Quando eu era pequena, morávamos na fronteira entre Brentwood e Pacific Palisades, em uma rua ladeada por árvores. Agora meus pais moram muito mais para a frente, passando o Palisades Village, um shopping do Mickey Mouse que parece algo tirado de uma sequência de *Mulheres perfeitas*. Nele tem um Erewhon, o melhor mercado de toda a Califórnia. Os morangos custam doze dólares, porém são uma experiência única.

A casa nova dos meus pais é modesta; térrea, de três quartos e antiga, construída na década de 1970, e tem degraus de pedra que levam à porta da frente. Quem vem me receber é meu pai.

"Franguinha", ele diz. "Você chegou."

Meu pai é um homem baixo e esguio, com cavanhaque e a cabeça cheia de cabelos grisalhos. Ele me chama de "franguinha" desde que eu era bebê porque diz que, quando nasci, parecia um pedaço de frango cru.

"Oi, pai", digo. Mostro os donuts, e ele os tira das minhas mãos.

"Sua mãe...", diz meu pai, balançando a cabeça. "Vem."

Ele segura a caixa com uma das mãos e passa o outro braço sobre meus ombros.

"Como está sendo o dia?", meu pai pergunta. "Bom?"

"Sim. Hugo e eu fomos à feira e tomamos café."

Meu pai olha para mim e sua voz baixa um tom. "Você já comeu?"

"Relaxa", respondo. "Não vou contar pra ela. E eu consigo comer muito mais."

Entramos na cozinha e deparamos com minha mãe de avental, o cabelo castanho cacheado preso com uma presilha. Ela veste calça preta e uma malha azul, e sua forma rechonchuda corre de um lado para o outro da cozinha como se fosse Ação de Graças.

"Ah, Daphne. Oi. Moshe, por que está segurando os donuts assim?"

Ela tira a caixa do meu pai, que a enfiou embaixo do braço, de qualquer jeito, e tenho certeza de que do lado de dentro restam apenas migalhas.

Minha mãe abre a caixa na bancada.

"Moshe", ela diz. "Os donuts escorregaram."

"Liga pra polícia, Debra!", ele grita. "Os donuts escorregaram!"

Minha mãe sorri. Eles são assim. Ela se preocupa com tudo, e meu pai chama a atenção dela quando está demais. Funciona, acho, principalmente porque minha mãe deixa que ele faça isso.

"Você está linda", ela me diz. Leva as mãos às minhas bochechas. Estão quentes. Como sempre. "Tudo bem, amor?"

"Tudo, mãe. Tudo ótimo!"

Ela vai até o armário, pega uma travessa, passa para mim e faz sinal para os donuts. Começo a transferi-los da caixa para a travessa.

A bancada está lotada de comida. Bagels, uma bandeja de salmão defumado, cebola, tomate, alcaparras e pepino cortados. Tem uma travessa de frutas e uma cesta de folhados, alguns dos quais sei que foi minha mãe quem fez.

Ela me ensinou a fritar ovo, pôr a mesa, picar cebolinha. Nosso gosto para comida é diferente — minha mãe prefere as tradicionais de sua infância, e eu gosto de um pouco mais de tempero —, porém tudo o que sei fazer aprendi com ela.

"Está com fome?", pergunta minha mãe.

Olho para meu pai, que me dá uma piscadela.

"Morrendo", digo.

A porta da frente se abre. Joan, vizinha deles, entra segurando um buquê de rosas com um pedaço de papel Kraft enrolado na base.

"Deb, queimei o hamantaschen e..." Ela para de falar quando entra na cozinha. Usa calça de seda e camisa de linho, com o cabelo prateado caindo em mechas sobre os ombros. "Ah, oi, meu bem." Joan me dá um beijo na bochecha. Está sempre cheirando a sopa de legumes, não importa a época do ano. "Como você está?"

"Controlando os danos", digo.

Joan franze a testa, e minha mãe pega as flores.

"As rosas estão indo superbem", comenta Joan. "Nem dá pra acreditar. Agora eu também tenho das amarelas. Lance me disse que elas só florescem no verão, mas se fizer um dia de sol, quando você vai ver, elas já estão cobrindo todas as paredes."

As rosas que ela trouxe são de um tom de rosa bem claro, meio neon nas pontas. Lindas.

"Vou ter que ir lá buscar algumas então", diz minha mãe. "As minhas sofreram com a seca desse ano."

Penso em dizer para minha mãe que as rosas lá fora estão maravilhosas, cheias e coloridas, mas rosas são um ponto tácito de discórdia entre ela e Joan. Deixo quieto.

A campainha toca. Meu pai grita: "Já vou!'".

A cada dois meses, minha mãe faz um brunch para seus amigos do Kehillat Israel, o templo reconstrucionista que ela e meu pai frequentam em Pacific Palisades. Sempre fomos reformistas, porém ao longo dos anos minha mãe foi ficando cada vez mais progressista, e agora o templo deles têm coisas como ioga namashvitz, bênção de contas e sentimentos curiosamente uniformes em relação a Israel.

Meu pai entra na cozinha com Marty e Dox, e Irvin e a Outra Debra. A Outra Debra não é a pessoa de quem minha mãe mais gosta no mundo, porém meu pai adora Irvin (e minha mãe também, e eu também), por isso ela a tolera.

"Bem-vindos!", saúda minha mãe. "Agora todo mundo para o pátio. Não quero ver ninguém nessa cozinha!"

Minha mãe cumprimenta todos com beijinhos que joga no ar e os toca para fora. Joan e eu ficamos atrás dela.

"Algum homem em vista?", Joan me pergunta.

Minha mãe solta um ruidinho, mas não se vira do fogão, onde agora está preparando uma fritada com cebola caramelizada.

Penso um pouco a respeito, depois solto: "Mais ou menos".

Isso faz minha mãe se virar na mesma hora.

"O nome dele é Jake", conto. "Só saímos duas vezes." Que diferença isso faz? Se o bilhete diz, está dito. Por que não soltar uma fofoquinha para comentarem enquanto estou aqui.

"O que ele faz da vida?", pergunta minha mãe.

"É executivo da tevê", explico. "Não é muito alto, sinto muito, mas parece bem fofo."

Joan entrelaça as mãos. "Ah, como é bom ser jovem!"

O marido dela morreu há três anos, em consequência de um câncer no pâncreas. Minha mãe cumpriu todos os sete dias de shivá com Joan e cozinhou para ela durante um mês inteiro. A gente adorava o Hal. Ele era caloroso e amável — um homem grande e corpulento que não tinha vergonha de abraçar a esposa ou quem quer que entrasse em sua casa. Eles tiveram dois filhos, e ambos moram em Nova York. Houve uma época em que Joan estava determinada a me juntar com o mais velho, David, mas ele estava comprometido com a namorada — que há cinco anos se tornou sua esposa. Joan ainda comenta de vez em quando que talvez um dia os dois se separem.

"E o que mais?", pergunta minha mãe. "Como vocês se conheceram?"

"Kendra apresentou a gente." Olho para Joan. "Uma amiga do trabalho."

"Ele é judeu?"

É uma boa pergunta. O nome inteiro dele é Jake Green, mas não dá para ter certeza. "Acho que sim", digo.

O alarme toca, e minha mãe tira as batatas chiando do forno. "Joannie, querida, leve as frutas lá pra fora, por favor."

Joan pega a travessa e faz como pedido. Pego uma travessa de cerâmica, para onde minha mãe transfere as batatas.

"E o Hugo, como está?", pergunta ela.

Ele tem razão, minha mãe o ama mesmo.

"Bem", digo. "Passou em casa hoje."

"Ele não está namorando?"

"Não sei? Talvez. Você sabe como ele é. Nunca dá pra saber."

Minha mãe sorri. "Ele é tão bonito."

Penso nas roupas molhadas de suor de hoje de manhã. Até nelas Hugo fica bonito. "É mesmo", respondo. "O problema é que ele sabe disso."

Joan volta para a cozinha. "O que eu levo agora?"

Minha mãe aponta para os donuts. "São para a Amy", ela diz. "Cadê ela?"

Joan dá de ombros e leva os bagels.

"Isso não é um problema", continua minha mãe. "Seu pai sabe que sou inteligente, e funciona."

"Hugo sabe que *ele* é bonito, não que eu sou, o que é bem diferente."

Minha mãe vem até mim. Noto as rugas em volta de seus olhos e em como deixa seus cabelos grisalhos. "*Mummashanna*", diz ela, pegando meu rosto nas mãos outra vez. "Ficar falando coisas óbvias não te deixa bonita."

Quinze

Irina passa a semana seguinte em Nova York para supervisionar uma sessão de fotos de divulgação, e eu passo a maior parte do tempo trabalhando de casa. Na terça-feira, no entanto, vou à casa dela em Laurel Canyon para pegar a correspondência, regar as plantas e mandar por fax uma nova versão de um roteiro com minhas anotações — Irina é das antigas. Pergunto a Kendra se ela quer ir comigo. Kendra agora trabalha como chefe de desenvolvimento para um showrunner da ABC, e está sempre em Burbank, mas hoje tem consulta médica pela manhã, então decidimos nos encontrar na casa de Irina.

Kendra estaciona o Jeep Cherokee azul-marinho, com Chicks tocando no último volume. Ela é alta — tem mais de um e oitenta — e seu cabelo é preto, cacheado e armado. Quase só usa calça jeans, e a maioria de suas camisetas são cropped — eu achava que *ficavam* cropped nela, mas cheguei à conclusão de que é de caso pensado. O abdome dela é incrível, então dá pra entender.

Penso na primeira vez que nos vimos. Não percebi de cara que viraríamos amigas. Na verdade, imaginei que não seríamos. Era ela que iria me treinar para a própria vaga antes de sair de vez. Eu queria que ela ficasse para me ensinar toda a logística. Não tinha a intenção de reinventar a roda com Irina. Só queria saber que tipo de óleo ela usava para lubrificar a máquina e como mantê-la funcionando.

No meu primeiro dia no escritório, Kendra me deu um abraço forte. Venho de uma família carinhosa, mas já fazia um tempo que não recebia aquele nível de demonstração de afeto vindo de alguém que não era da minha família nem com quem eu estava dormindo.

"Bem-vinda", disse ela. "Esse trabalho é muito divertido." Mais para a frente, ela me contaria sobre as partes difíceis — Irina às vezes era meio temperamental; a jornada de trabalho tendia a ser longa demais; eu precisaria lidar com personalidades fortes e uma impaciência generalizada. No entanto, gostei de como Kendra começou as coisas de maneira positiva. Ela é assim. Primeiro a diversão.

A casa de Irina fica na Lookout Mountain, no topo de Laurel Canyon. É uma casa antiga, construída na década de 1950, com sala de estar rebaixada, muita madeira, pouca luz e uma paleta neutra. Mas fizeram um puxadinho nos fundos numa reforma recente, que incluiu janelões do chão ao teto com vista para Los Angeles. Dá para uma das paisagens mais deslumbrantes que já vi. Também tem um gramado com terraço atrás da casa e uma piscina de pedra preta. É uma casa sexy, com personalidade, que grita Hollywood Antiga, embora Irina fosse odiar o uso da palavra "antiga". Ela tem cinquenta e oito anos, mas ninguém pode pronunciar esse número ou mesmo anotá-lo, a menos que seja em um formulário médico.

"Essa cidade é cruel com as mulheres", Irina me diz com frequência. "Os pais de seriados adolescentes têm trinta e poucos anos."

Costumo lembrá-la de que ela não é atriz, de que produzir é algo completamente diferente, de que os padrões de beleza para cada idade estão mudando, porém Irina nem me ouve.

"Ninguém vai fazer um filme com alguém com quem não quer trepar."

Desativo o alarme, e Kendra vai encher o regador para as plantas — as orquídeas recebem um cubo de gelo de água de nascente, a ficus-lira recebe duzentos e trinta mililitros de água da torneira a cada duas semanas. É a terceira ficus-lira que matei, e, sempre que as folhas começam a ficar marrons por motivos frustrantemente vagos, me sinto uma assassina.

O gato de Irina, Moses, sai do banheiro e se roça na perna de Kendra.

"Ah, oi, nenê." Kendra o pega no colo. "Quem está cuidando de você?"

"Penelope", digo.

Penelope e Irina estão sempre terminando e voltando, já chegaram até a ser casadas. É ótima com gatos e péssima com plantas, de acordo com Irina.

"Em que momento da relação elas estão?"

Como a garagem estava vazia, não tem perigo de Penelope estar na casa.

"Acho que terminaram?", arrisco. Em geral, as duas parecem mais felizes quando não estão juntas, e ultimamente andam bem felizes.

Verifico a correspondência — tem propagandas, contas a pagar, algumas cópias adiantadas de produções — e coloco uma porção generosa de ração no pote de Moses, só para garantir.

Tem uma foto emoldurada da santa padroeira Patti Smith na cornija da lareira da sala de estar, e uma área com pele de ovelha e de outros animais e almofadas que Irina chama de "chiqueirinho". Um cantinho da perdição aconchegante, basicamente. A casa toda de Irina passa a impressão de que está tentando te seduzir.

Adoro este lugar. Me lembro de ter pensado, da primeira vez que entrei: *É assim que é ter uma casa com visão de estilo.*

Quando Irina está em Nova York, costuma ficar com a agenda lotada, por isso, desde que eu não me esqueça de fazer reserva para jantar no Babbo, ela não se importa se eu der uma relaxada em sua ausência. Nunca me liga para perguntar o que estou fazendo sem motivo. Se os negócios estiverem fluindo e estiver tudo sob controle, é o que importa.

A última planta é uma palmeira que fica no closet, que mais parece um quarto. Tem portas de correr com espelho em todas as paredes e, no meio, uma ilha com tampo de vidro e gavetas nas laterais. É uma obra de arte, a menina dos olhos da casa, e não só por ser enorme, mas por causa do que tem ali. Irina tem peças de todas as décadas — paetês incríveis dos anos 1970, vestidos de verão Laura Ashley dos anos 1980. Tem um Givenchy feito sob medida e toda a linha de sapatos Prada de 1992. Irina tem pelo menos cinquenta paletós pretos. É o paraíso.

"Adoro este lugar", diz Kendra. Apoia-se na bancada. "Acredita que uma vez ela me disse que eu podia pegar a saia de tule emprestada pro casamento do meu primo? Só que não serviu."

Irina tem *a* saia de tule — a mesma que Sarah Jessica Parker, ou Carrie Bradshaw, usa na abertura de *Sex and the City*.

"Acredito", digo. "Você mencionou isso umas cinquenta vezes."

Kendra passa um dedo sobre um lenço de seda da Hermès, pendurado com uma dúzia de outros no mostruário da ilha.

"Sinto saudades, às vezes", ela comenta.

"Do quê?"

"De trabalhar aqui. De como era sempre surpreendente."

"Irina te adora", digo a Kendra. "Provavelmente deixaria você morar neste closet se quisesse."

Kendra sorri. "É", diz ela. "Mas as coisas mudam, sabe? Estão diferentes agora."

"Entre vocês duas?"

Kendra dá de ombros. "Eu costumava ficar maluca com ela me ligando a qualquer hora do fim de semana, mas às vezes sinto falta da tensão."

"Acho que agora a tensão é menor, no geral", digo. Da última vez que Irina pirou foi por causa de um conflito de horário real em uma gravação — e não por causa de um suco de aipo. E eram onze da manhã de uma quarta-feira.

Depois de regar a palmeira, entrelaço as mãos. "Estou morrendo de fome", digo. "Vamos comer."

Meia hora depois, estamos sentadas no Art's Deli, na Ventura, que fica no vale. Faz um tempão que não comemos aqui, pelo menos um ano, mas nas semanas em que Kendra me treinou vínhamos o tempo todo. A gente trabalhava, e quando dava cinco, seis ou sete, a hora que terminássemos, subíamos a colina e pegávamos uma mesa com bancos vermelhos para pedir um Reuben para Kendra e um BLT com salada de repolho para mim. Vendem também uns copos de refrigerante gigantes, de quase dois litros, e passávamos pelo menos duas horas conversando sobre o dia e comendo batatas frias.

"Nossa, que nostalgia", diz Kendra, sentando-se. Entregam cardápios grossos para a gente, mas nem consultamos.

"Espera aí", diz Kendra, assim que a garçonete, Gretchen, vai embora.

Gretchen deve ter uns quarenta e poucos anos e está sempre com um sorriso amplo, ainda que impaciente, no rosto. Sabemos quem ela é, mas ela não sabe quem somos.

"Esqueci de te perguntar como estão as coisas com Jake."

Sinto um sorriso se abrir automaticamente no meu rosto.

"Tão bem assim?"

"A gente só saiu duas vezes", digo. "Então não tenho muito o que contar."

"Que mentira", diz Kendra. "Ninguém fica *assim*" — ela traça um círculo no ar com o dedo, se referindo a minha expressão — "sem motivo."

Nunca contei a Kendra sobre os bilhetes. Não porque ela talvez me achasse maluca — o que ia mesmo —, mas porque nunca conto para ninguém. Desde sempre, é como se fosse uma piada interna entre mim e o universo, uma foto dos bastidores. Não conto para ninguém porque sinto que contar seria como quebrar uma promessa. Como se a anomalia pudesse oxidar caso fosse exposta ao ar e eu nunca mais fosse receber outro bilhete. Como se o feitiço pudesse ser quebrado.

Até hoje, Hugo é a única pessoa que sabe.

"É verdade", digo. "Só sinto uma coisa boa quando penso no Jake. Ele é fofo e muito inteligente." Fico em silêncio por um momento. "Você conhecia a esposa dele?"

Kendra balança a cabeça. "Não. Foi antes de a gente se conhecer."

Assinto.

"Ele passou por bastante coisa", prossegue Kendra. "Mas acho que isso tudo deixou Jake ainda mais legal. Ele tem uma maturidade que não se vê em muitos homens. Dá pra sentir. Ele é adulto de verdade."

"Sei o que você quer dizer", comento.

"A gente devia marcar alguma coisa, nós quatro", sugere Kendra.

O marido dela se chama Joel. Eles se casaram no ano passado em uma praia em Malibu. Vinte pessoas ao pôr do sol, uma toalhinha de crochê servindo de véu e Bob Marley tocando no som do carro. A mestre de cerimônia foi a irmã dela, e depois fomos no Geoffrey's e tomamos cerveja gelada e vinho quente, comemos ostras e ficamos ouvindo as ondas quebrando contra as pedras mais abaixo. Foi perfeito, e a cara de Kendra.

Só que Joel não é lá das pessoas mais simpáticas que já conheci, ou melhor: ele não gosta muito de sair. Talvez eu esteja pegando pesado demais com ele, e talvez compará-lo com Kendra seja injustiça. Joel sempre foi legal comigo, mas é engenheiro de software e se sente muito mais confortável sozinho com você numa sala do que em conversas com mais gente. Em geral, incentiva nós duas a sairmos sozinhas e resiste a qualquer evento envolvendo uma mesa de jantar que não seja a da casa deles. Respeito o relacionamento dos dois porque, pelo menos de fora, parece que estimulam um ao outro a serem exatamente quem são.

Joel adora fazer caminhada; Kendra nunca faria uma trilha. Ele não come carne nem frango, só peixe, e Kendra vive à base de hambúrguer. Mas os dois se equilibram.

"Joel conheceu Jake", ela disse. "E gostou dele."

Desgrudo a blusa do couro do banco, o que produz um barulho de sucção.

"Você às vezes sente falta de ser solteira?", pergunto.

Kendra pensa a respeito por um momento. "Sinceramente, nunca achei que fosse me casar. Nunca quis muito, a coisa toda sempre me pareceu meio sem graça, meio óbvia." Ela dá de ombros. "Isso até eu conhecer o Joel."

"Você não respondeu a minha pergunta."

Kendra sorri. "Respondi, sim."

Então a comida chega. O bacon está crocante; a alface murcha porém fresca; e o tomate, doce. O sanduíche não tinha nada de mais, só o básico. Eu estava com saudade deste lugar.

"Então, em outras palavras, não."

"Em outras palavras, come aí", diz Kendra, dando uma mordida no dela.

Dezesseis

Na sexta-feira, vou jantar no apartamento de Jake.

"Eu cozinho", ele disse quando ligou, na quarta-feira. "Não bem, mas sei me virar. Quer vir jantar aqui?"

Vesti meu jeans preferido da Agolde e uma regata branca de gola alta que termina um pouco antes do umbigo. Calço uma sandália de tira de salto alto que imita couro de cobra e que provavelmente vou ter que tirar depois de uma hora e pego uma bolsinha de mão preta. Dou uma olhada no espelho. Nada mal. Meu cabelo está um pouco bagunçado, e minha pele, meio pálida. Passo um pouco de blush, puxo a blusa um pouco mais para baixo, pego um par de argolas douradas e saio de casa.

Jake mora em um arranha-céu em Wilshire Corridor, o que me parece ao mesmo tempo hilário e incongruente. Para começo de conversa, a média de idade dos residentes de Wilshire Corridor deve estar entre os oitenta e quatro anos. Fora que não bate com o pouco que conheço de Jake. Eu o imaginaria em um conjunto de predinhos com algumas poucas torres em Culver City, com um jardim compartilhado. Morar em Wilshire Corridor é quase como morar em Nova York.

Um porteiro meio ansioso demais me cumprimenta no saguão amplo de mármore. "Licença, senhorita? Posso ajudar?"

"Vim ver Jake Green."

Ele diz que fica no décimo sétimo andar, e quando a porta do elevador abre vejo a cabeça de Jake saindo do 17F enquanto ele tenta segurar um cachorro. "Esse é o Sabre", diz Jake. "Ele gosta um pouco demais de fazer amigos."

Eu me agacho para saudar aquele vira-lata meio buldogue que se agita, animado, atrás das pernas de Jake. "Posso fazer carinho nele?"

Jake confirma com a cabeça e o segura pela coleira. "Ele adora atenção. Mas esteja preparada pra ficar toda babada." Faço carinho na cabeça de Sabre, e ele ergue o queixo para cheirar minha mão em saudação.

"Ah, oi", digo. "Oi. Oi." Subo o olhar para Jake. "Meu cachorro não gosta de contato humano, então estou adorando."

Jake puxa Sabre pela coleira. "Agora vem", ordena ele. "Pra dentro."

Sigo os dois e passo pela porta quando Jake mostra um brinquedo para Sabre e o conduz até sua caminha segurando o brinquedo a sua frente. Depois que o cachorro se senta, Jake lhe entrega o brinquedo. Sabre enche o cilindro plástico de baba no mesmo instante.

"É um pote de manteiga de amendoim", diz Jake. "Vai entreter ele por horas." Ele me abre um sorriso — um sorriso caloroso e cativante.

"Você está linda", diz ele.

Sinto as bochechas corarem. "Obrigada."

Jake veste uma camisa branca e azul e jeans escuros. Está descalço e com a camisa para fora da calça, as mangas arregaçadas revelando sardas em seus antebraços. De repente, sinto um cheiro inebriante de manteiga e alho.

"Tinto ou branco?", Jake me pergunta.

"Tinto", respondo.

"Já trago."

O apartamento é espaçoso e tem uma vista deslumbrante de Los Angeles. Assim do alto, dá para ver uma boa parte da cidade. Tem um sofá de canto encostado na parede, uma tevê na frente e, virando o canto, uma cozinha pequena que é só um corredor. Jake desaparece quando se vira na direção dela, e eu o sigo.

A cozinha parece nova em folha — com eletrodomésticos de aço inoxidável e uma mesinha redonda para quatro pessoas do lado esquerdo. Enquanto Jake abre o vinho, eu me sento.

"Você mora aqui há quanto tempo?", pergunto.

"Mais ou menos um ano", responde ele. "Não, acho que agora já são quase dois."

"Cara, preciso perguntar" digo. "Como foi que você veio parar em Wilshire Corridor?"

Com um estalo, a rolha sai. "Como assim?", pergunta Jake, sorrindo.

Ele pega a garrafa, e eu ouço o barulho do vinho caindo na taça.

"Não é exatamente um bairro jovem."

Jake dá risada. "Vou alegar ignorância quanto a isso. Sinceramente, o apartamento valia a pena demais e ficava perto do trabalho. Na época, era tudo o que importava pra mim."

"Bem pragmático."

Ele me passa o vinho. Tomo um gole. É suntuoso e encorpado.

"Mas, no fim, gosto daqui", diz Jake. "Meus vizinhos cozinham bastante e estão sempre em casa se eu precisar de alguém para regar as plantas ou dar comida pro Sabre quando me atraso, e sempre que alguém morre a Brigada do Assado do Viúvo entra em ação."

Arregalo os olhos e quase cuspo o vinho. "O que você sabe sobre a Brigada do Assado do Viúvo?"

Minha avó adorava esse termo. Quando já estava mais velha, dizia que, sempre que a esposa de um homem morria, as mulheres apareciam às pencas com assados de carne na esperança de se tornarem a próxima esposa do coitado. Quem fizesse o melhor assado de carne acabava conquistando o cara.

"Já tive experiências com a Brigada", diz ele. "Sempre me dão as sobras. E sabe que kugel congela superbem."

"Você é judeu?", pergunto.

Jake sorri. "Nunca fui tanto quanto agora."

Sinto um calorzinho se espalhando pelos meus membros, embora não saiba se é o vinho ou a revelação de... do quê? De que temos algo em comum? Não sei dizer. Sempre foi importante para os meus pais que eu ficasse com alguém judeu. Não porque eles fossem especialmente religiosos — quando se casaram, já moravam juntos havia sete anos, e os dois só cobrem a cabeça quando está chovendo. Mas a tradição é importante para eles.

"Ninguém quer ser um estranho na própria família", minha mãe costumava dizer.

Jake ergue a taça na minha direção. "À sexta-feira", ele diz. Brindamos. "Vem, quero te mostrar a vista."

A porta é de correr, e ele a abre e estende o braço, esperando que eu saia para o terraço.

Está fresco lá fora, assim no alto. O vento sopra, e eu abraço meu próprio corpo enquanto olho para a cidade.

"Eu pensava em Los Angeles só como um lugar que via nos filmes", diz Jake. "Achava que faltava um pouco de personalidade — como um lugar tão lindo podia também ser interessante? Foi só quando já fazia alguns anos que morava aqui que me dei conta de que nem tudo é Technicolor. Los Angeles uma cidade artística, cultural e relevante, na minha opinião."

"É tudo o que conheço", digo. "Nunca morei em nenhum outro lugar por mais de alguns meses."

Mas sei do que ele está falando. Quando eu era mais nova, Los Angeles ficava lotada de gente fajuta, ou pelo menos era assim que me parecia. Uma cidade cheia de gente que dirigia Ferrari de dia e à noite voltava para o apartamento caindo aos pedaços onde morava em Burbank. Era tudo só aparência. Só que Los Angeles mudou, ou talvez eu que tenha crescido. Agora vejo que não é uma coisa única. Que não existe uma narrativa unificada. Los Angeles é plural. Cheia de vida, natureza e uma miríade de experiências, como qualquer outro lugar no mundo. O que a diferencia, talvez, seja um excesso de esperança — os sonhos ainda muito cobiçados, mas ao mesmo tempo desperdiçados.

"No ensino médio, parecia mesmo que só o que precisava era ser rica e magra pra ter importância", digo. "Mas acho que isso está mudando. Tem uma cena artística incrível aqui, o centro está renascendo." Aponto para o leste. "Tem muito a se amar aqui além do clima, da indústria cinematográfica e dos cirurgiões plásticos."

Jake põe as mãos ao meu lado no parapeito. "Mas o clima é mesmo bem bom."

Ficamos em silêncio por um momento — absorvendo os sons, o ruído baixo do tráfego mais abaixo, a sensação da brisa.

"Aqui foi o primeiro lugar onde morei sozinho", ele diz. "Ou, melhor dizendo, o primeiro lugar que escolhi sozinho.

Acho que uma parte do que gosto neste lugar é justamente isso. Nunca me sinto sozinho aqui. Tem sempre alguma coisa rolando." De repente, ele se sobressalta. "Merda! Já volto." Da sacada, eu o vejo correr para a cozinha e abrir o forno, então volto a me virar para a cidade.

Quando eu era mais nova, costumava sonhar comigo morando em Nova York em um prédio igualzinho a este aqui. Queria estar bem lá no alto, acima da vida ordinária. Em algum lugar que me desse perspectiva, onde os problemas parecessem pequenos, mesquinhos, nada demais. Em algum lugar inalcançável.

O mais perto que cheguei foi aquela noite no apartamento de Stuart.

Jake volta. "Uma pergunta", ele diz. "Você também gosta de arroz duro e grudado, né?"

Vou na direção dele. "Deixa eu ver", digo. "Por acaso, arroz é minha especialidade."

Consigo salvar o arroz, e Jake serve um frango marroquino bem impressionante com salada grega. Está tudo uma delícia. O tomate está maduro e suculento, o frango assado à perfeição. Jake também põe na mesa um prato com azeitonas, e juntamos os caroços em uma cumbuquinha de cerâmica.

Depois, deixamos a louça amontoada na pia, pegamos mais vinho e voltamos para a sacada. A cidade está toda iluminada agora. A vista se abre em uma sequência de luzes coloridas. Arranha-céus brilhando, a serpente cintilante do trânsito. Palmeiras pontuam o horizonte industrial.

Jake se vira na minha direção e deixa a taça de vinho numa mesinha baixa. Sinto aquela fagulha de energia entre nós, a mesma do Pace, quase uma semana atrás. Tenho a impressão de que ele está indo devagar por um motivo — de que, quanto mais intencional tudo for, mais forte vai ser também. Mas também fico impaciente.

"Ei", ele diz, tocando meu cotovelo. "Quero beijar você."

Firmo os dedos em volta da minha taça.

"Tudo bem?", pergunta Jake.

Olho para ele. Mesmo na escuridão, sei que suas bochechas estão coradas por causa do vinho — não porque vejo a cor, mas porque o rosto dele todo reflete a lua naquele momento. Redondo e iluminado.

"Pode beijar", digo.

Ele pega a taça de vinho da minha mão e a apoia ao lado da sua. Ouço o tilintar de vidro contra vidro.

Então Jake segura meus dois cotovelos. As mãos dele sobem até meus ombros e o rosto se aproxima do meu — e ele me beija. Desse jeito ficamos praticamente olho no olho, porque ainda estou de salto. Seus lábios aterrissam suavemente nos meus, e eu tenho aquela sensação familiar de quem paira no ar, do milésimo de segundo congelado antes da queda.

Então as mãos dele descem, hesitantes, até a minha cintura. De um jeito tímido — não, de um jeito inquisitivo. Como se estivessem perguntando: *Tudo bem se eu fizer isso? Aqui? Agora? Comigo?*

Depois de um momento, Jake recua. A expressão em seu rosto é tão franca que acho que consigo ver as palavras escritas nele antes mesmo que as diga.

"A gente devia fazer isso de novo", diz. Está sorrindo. Mesmo no escuro que nos cerca, consigo ver.

Caminhamos rumo a algo suave — como um gato, em silêncio. Eu poderia dizer que de maneira graciosa.

Assinto. E procuro seus lábios em resposta.

Dezessete

Namorar Hugo era como andar num brinquedo de parque de diversões. Era empolgante, mas me dava náusea, e com frequência eu sentia que não conseguia respirar ou enxergar o que estava bem a minha frente. Tudo ia rápido demais. Fazia menos de um mês que estávamos juntos quando Hugo me convidou para ir a Big Sur com ele.

Eu procurava ser cautelosa — por causa dele, de seu passado e do bilhete — e sabia que nosso tempo era limitado, mas tinha noção de que meus sentimentos eram fortes e cresciam rapidamente. Eu queria Hugo o tempo todo. A presença, a atenção dele, até mesmo sua aprovação. Com frequência, me pegava aumentando anedotas do trabalho de uma forma que sabia que ele gostaria ou pesquisava assuntos que Hugo havia mencionado só para impressioná-lo. Queria fazê-lo rir, queria ser a pessoa que o fazia abrir a boca e concordar. Parecia que eu havia tirado a sorte grande com Hugo — mas também que sempre corria o risco de perder o prêmio. Eu queria ficar com ele, ou seja, queria reter a atenção dele. Nos dias apaixonados do começo do relacionamento, eu me esquecia — por longos períodos —, que tudo aquilo ia acabar.

Nunca fui muito apegada ao amor. Meu coração fora partido uma única vez, na faculdade. Havíamos nos conhecido no penúltimo ano e passado dois anos e dois meses juntos. O bastante para se apaixonar. O bastante para pensar que aquilo não importava tanto assim. Mas é claro que importava.

Levei Murphy para um hotelzinho, fiz uma mala e Hugo veio me pegar em uma Ferrari preta para a nossa primeira viagem de fim de semana.

"Sério?", perguntei quando vi o carro.

"Estou só testando", ele disse. "É demais?"

"Bastante."

Hugo saiu do carro e andou até o meu lado. Deu uma olhada na Ferrari. "Concordo." Concentrou toda a sua atenção em mim. "Oi", disse. "Nossa, eu estava morrendo de saudade."

Namorar Hugo era como ter o sol brilhando exclusivamente para você. Quando eu estava com ele, me deixava levar pelo vórtex de seu calor — como uma estufa cheia de flores. Tudo era quente, brilhante e estava em crescimento.

"Oi."

Ele me beijou. Abaixou o rosto e beijou meus lábios, depois a bochecha, depois os lábios outra vez. Então me puxou para mais perto. Dei uma risadinha. Com Hugo, eu dava risadinhas. Não lembrava de já ter feito aquilo antes. Eu parecia uma idiota. Também parecia preciosa — como se eu fosse algo que deveria ser segurado e cuidado.

"Pronta?", ele perguntou.

Passei a mala para Hugo. Ele havia me pedido para levar só uma mala pequena e eu obedecera — e agora entendia por quê.

Hugo guardou minhas coisas no porta-malas que ficava na parte da frente do carro — e era pequeno, devia ter uns sessenta por noventa. Coube direitinho.

Entrei no carro, e ele fechou minha porta, depois foi para o banco do motorista.

Hugo apontou para o porta-copos entre nós. Havia dois copos de café ali. "O seu é o da frente", disse. "Cappuccino descafeinado, com espuma extra."

Senti algo no peito que crescia. "Isso."

"O rádio é responsabilidade sua", prosseguiu ele. "Meu gosto pra música é péssimo."

Daquilo eu não sabia. Ainda estávamos nos conhecendo. Eu adorava descobrir detalhes. Cada coisinha que aprendia sobre Hugo parecia digna de nota e estudo — nada era encheção de linguiça. Ele inclinava a cabeça na minha direção quando eu tocava sua nuca. Se alguém lhe fazia uma pergunta, a resposta normalmente era "Claro". Ele só usava camiseta com gola V se fosse cinza. Era meticuloso quando se tratava de cabelo. E nunca mandava emojis.

"Como assim?", perguntei. "Seu gosto é ruim ou você não tem interesse em música?"

Ele olhou para mim enquanto dava a partida. "Espertinha. Qual é a diferença?"

Pensei a respeito. "Está me dizendo que, se tivesse interesse, teria bom gosto?"

Hugo saiu com o carro. Vi que seu rosto se contraiu. "Não tenho um ego assim tão grande."

Pigarreei e liguei o rádio. "Tem, sim."

A viagem levou no máximo cinco horas. Hugo dirigia rápido, alcançando 160 quilômetros por hora na estrada. Quando chegamos ao litoral, eu já nem percebia mais quando ele acelerava nas curvas.

"Olha por cima do meu ombro", disse ele. "Esse trecho da estrada é um dos mais bonitos do mundo."

À nossa esquerda, mais abaixo, as ondas quebravam, e os penhascos, cada vez mais dramáticos, me transportavam para a Irlanda. Um lugar estrangeiro e mágico onde era sempre inverno. Cerca de uma hora depois, meu celular perdeu o sinal. Eu mostrei a tela para ele.

"Agora somos só nós dois", disse Hugo. "Se arrependeu?"

"Você sem celular?", falei. "Não consigo pensar em nada melhor."

Ele estendeu a mão para apertar meu joelho.

O Post Ranch Inn é um hotel com quarenta quartos construído na encosta. Assim que estacionamos, desci, alonguei as pernas e me curvei para a frente. Senti o sangue voltando a circular por todos os meus membros.

Hugo descarregou o carro enquanto eu dava uma olhada em volta. A beleza serena do lugar transmitia uma sensação física — eu podia sentir meu corpo relaxando a cada passo que dava. Até mesmo o ar era diferente — cheirava a chuva, pinheiro e lavanda. Também parecia o mais puro possível. Não dava para sentir fumaça de exaustor nem de produtos químicos. Nada ali passava a impressão de estar contaminado.

Fomos levados até nosso quarto — um bangalô pairando sobre o mar com sacada privativa —, que tinha espreguiçadeiras e uma jacuzzi. Por dentro, era uma cabana chique e rústica, com muita madeira de cerejeira, vigas expostas e uma lareira de aço já acesa.

"Aqui é o paraíso", falei.

Atrás de mim, ouvi Hugo agradecer ao carregador e fechar a porta.

"Que bom que gostou. É um dos meus lugares preferidos no mundo."

Eu me virei e vi Hugo tirando uma garrafa de champanhe de um balde de gelo. Ouvi a rolha saindo. Desamarrei a blusa da cintura e a vesti.

"Pronto." Hugo saiu para a varanda com duas taças na mão. Peguei uma. Brindamos. Tomei um gole. Estava gelado e doce — uma delícia.

"Que loucura pensar que estamos a apenas cinco horas de distância", comentei.

Hugo sorriu. "É outro universo, né?"

"Vamos ficar aqui."

Ele se inclinou para beijar meu ombro. Senti seus dentes na minha blusa. "Agora preciso te levar para um tour."

"Pelo hotel?"

Hugo tirou a taça da minha mão e a apoiou na beirada da jacuzzi. "Pelo quarto."

Ele pegou minha mão e me conduziu para dentro.

Parte da atração e do fascínio que rondavam essa viagem era bastante simples de explicar: ainda não havíamos feito sexo.

Tínhamos nos pegado forte, e eu já até dormira na casa dele. Mas sexo mesmo ainda não havia rolado. Em parte porque não nos víamos com tanta frequência — Hugo estava sempre viajando, e o trabalho andava me tomando muito tempo — e, em parte, porque, na semana anterior, quando tudo estava dando certo para que rolasse, fiquei menstruada. O que não seria um problema num sexo mais cotidiano, mas não parecia o ideal para uma primeira vez.

"Esta é a sala de estar, com dois sofás estilo anos 1970." Hugo me guiou por entre as espreguiçadeiras castanho--avermelhadas e a mesinha de cromo e vidro entre elas.

"Muito descolados."

"Aqui é o cantinho do café."

Havia duas cadeiras de madeira junto a uma mesinha com uma cesta cheia de frutas, nozes e o que parecia ser pão doce.

"E isso é... o nome está me fugindo..." Hugo se virou para mim, apontando para a cama com um sorriso de matar no rosto.

"Onde a gente dorme?"

Ele enlaçou minha cintura com um braço e levou a boca ao meu pescoço. "Claro que não, porra."

Eu o abracei também, e ele me deu um beijo logo abaixo da orelha. Senti que derretia em seus braços. Me sentei na cama e projetei o corpo para cima, puxando-o para que se deitasse comigo.

Eu queria tanto fazer sexo com Hugo que parecia que era aquele pensamento que vinha me sustentando nas semanas anteriores. Mas também tinha medo do que a intimidade poderia fazer com a gente. Eu estava mais envolvida do que deveria; conseguia sentir. E ficava brava comigo por isso. Se eu estivesse dando conselho para uma amiga na mesma situação, diria que aquele tipo de homem não mudava, que Hugo só estava momentaneamente interessado em mim e aquilo ia passar, como sempre havia passado. Que, o que quer que houvesse entre nós dois, não daria em nada.

Mas eu não precisava de uma amiga: o bilhete já tinha me dito aquilo.

O problema era que meu corpo se recusava a acreditar nele.

"Não consegui pensar em outra coisa durante todo o caminho até aqui", disse Hugo. "Durante as últimas quatro semanas, aliás."

Uma imagem do estacionamento da aula de atuação me veio à mente. Cassandra à porta. Seria possível que o único motivo pelo qual Hugo continuava interessado em mim fosse o fato de ainda não termos feito sexo? Depois que fizéssemos, o feitiço seria quebrado? Pensei em Stuart, tantos anos antes.

Hugo segurou minha lombar com força, e eu soltei o ar devagar. Quem se importava?

A boca dele foi do meu pescoço à clavícula. Ele pousou os lábios ali e passou a língua pelo osso. Engoli em seco.

"Senta aqui", disse Hugo.

Eu obedeci, e ele se abaixou e pegou a bainha da minha malha. Eu o ajudei a tirá-la, e a blusa de baixo saiu junto.

Eu estava usando um dos meus melhores sutiãs — de renda, cor-de-rosa, com fecho na frente, porém Hugo nem pareceu notar. Os dedos dele desceram gentilmente pelo meu peito e pairaram logo acima do seio esquerdo. Estavam frios, e eu me encolhi.

"Qual é o problema?", ele perguntou. "O que foi isso?"

Balancei a cabeça. "Nada, só frio."

Hugo segurou uma das barras do edredom, enfiadas embaixo do colchão, e o levantou. Enquanto eu entrava embaixo, ele tirou a blusa e o jeans.

As cobertas estavam novas e frias, e senti minha pele quente contra elas. Hugo se deitou ao meu lado e me abraçou. "Você está congelando", ele disse.

Eu sentia arrepios que se espalhavam por minha pele feito agulhas.

Ele começou a subir e descer as mãos pelos meus braços. Primeiro com delicadeza, depois mais firme. Eu me virei, de modo que meu peito se colasse ao dele e ficássemos pele com pele. Conseguia sentir a respiração dele no meu pescoço. Hugo estava quente — não quente, ardendo. Aproximei meu corpo ainda mais do dele. Hugo era como um aquecedor. Eu queria que ficasse em cima de mim. Não, mais do que isso. Queria que ele tirasse a própria pele para que eu respirasse debaixo dela, de tão perto que almejava estar.

Hugo entrelaçou as mãos nas minhas costas.

"Está melhor?", perguntou.

"Muito melhor."

Me afastei até conseguir ver seu rosto. Os olhos dele estavam abertos e eram como piscinas de ouro líquido. Sentia que, se mergulhasse neles, ficaria presa na lava.

Toquei suas bochechas com a ponta dos dedos. Depois inclinei a cabeça e o beijei. Os lábios macios e amanteigados dele estavam frios. Hugo me afastou um pouco para olhar na minha direção.

"Você é muito especial para mim", disse, e passou a mão na minha bochecha. "De verdade."

Eu queria acreditar. Queria muito acreditar. Porque a sensação de estar com ele era muito boa, de estar colada nele, assim tão pertinho.

Mas eu também sabia que não podia. *Três meses.* O número apareceu na minha cabeça como uma serpente.

"Aposto que você diz isso para todas", falei.

Ele abriu um sorriso lento e lânguido. "Não mesmo."

Dezoito

Irina chega de Nova York no fim da manhã de quarta-feira, reclamando que a viagem a deixou inchada e insistindo que vai ficar de jejum por vinte e quatro horas. Umas quatro da tarde, ela pergunta se não quero pedir um pad thai com pimenta e extra de vegetais.

"Você tem planos para hoje?", Irina me pergunta, usando um robe de seda e abrindo uma garrafa de merlot em sua cozinha.

"Não", digo, e é verdade. Jake e eu almoçamos ontem, Kendra está com o marido e Hugo fica em Nova York até sexta. Isso me faz pensar por um momento. Eu costumava ter amigos, porém agora não vejo quase ninguém, a não ser em casamentos, despedidas de solteira e aniversários. Em parte porque, perto dos trinta, a maior parte do pessoal se mudou — para Nova York, San Francisco, Seattle, Washington. Em vez de sair para beber nas noites de quarta, passamos a trocar mensagens uma vez por semana. E alguns amigos — a maioria, na verdade — agora têm filho. Quanto mais envelhecemos, mais difícil fica manter contato. Levamos vidas muito diferentes e precisamos insistir em escolher uns aos outros. É preciso um esforço consciente de escolher, repetidamente, estar com o outro. Nem todo mundo faz essa escolha. Nem todo mundo pode fazer.

Irina aponta para uma banqueta à bancada. "Quer ficar?"

Passar o tempo com Irina é como marcar horário com uma terapeuta muito glamourosa e autocentrada. Ela paga o jantar, te dá uma bolsa de marca e ouve seus problemas, mais pela fofoca mesmo.

"Claro."

Irina serve outra taça de vinho e a põe na minha frente.

"Então", começa a dizer. "Kendra comentou que você está saindo com uma pessoa."

Meio que tusso, meio que rio. "Quando vou aprender que você nunca dá ponto sem nó?"

"Espero que nunca", diz Irina. "E, agora que estamos aqui, você vai ter que me contar tudo." Ela se senta ao meu lado. "Arroz frito com camarão?"

Faço que sim com a cabeça.

"E aqueles rolinhos light, pra gente poder dizer que tentou."

Irina digita o pedido e depois larga o iPad na bancada.

"Qual é a do cara?"

"Ele é legal."

"Legal?"

"Ser legal é subestimado."

"Sou quase vinte anos mais velha que você..."

Ergo as sobrancelhas, porém não digo nada.

"... e posso garantir que 'legal' significa ruim de cama."

"Não acho que isso seja verdade", digo.

"Não acha ou sabe que não é?"

"A gente ainda não dormiu juntos."

Irina ergue a taça de vinho para mim. "Estou falando pra você. Já faz um tempo que não tenho experiências novas, mas se é gente boa é broxa.

"Vou anotar essa frase para colocar na sua biografia."

Ela sorri. "Mas, se você estiver feliz, eu também estou. Você merece o melhor."

Tomo um golinho de vinho. "Obrigada. E a Penelope?"

Irina balança a cabeça. "Às vezes sinto que sou uma pessoa de sessenta anos num relacionamento de gente de vinte e cinco."

"Isso não é bom?"

"Não quando a gente de fato tem sessenta anos."

Tento não pensar no envelhecimento. Ou, pelo menos, no envelhecimento dentro de um relacionamento. Parte da beleza dos bilhetes é que permitem que eu me ancore no presente. Não planeje muito, nunca além do tempo especificado. Quer dizer, até agora.

"Imagino que sim", digo. "Não penso muito nisso."

Irina põe a mão sobre a minha. Sinto o metal frio de seus anéis de prata na minha pele. "Ah, meu bem", ela diz. "Desculpa. Não me ouve. Passamos por umas poucas e boas, mas eu amo Penelope. Muito. Eu sou só uma velha sentindo os efeitos do jet lag."

"Você não é velha."

"Claro que não", diz Irina. "Tenho trinta e cinco."

A campainha toca, e faço menção de me levantar, porém Irina dispensa minha tentativa com um aceno.

"Eu pego."

Sai da cozinha e atravessa o corredor. Ouço a voz de uma mulher à porta da frente.

Pego o celular na bolsa. Tem uma chamada não atendida da minha mãe, uma mensagem de Kendra confirmando nossos planos de ver o novo filme da Marvel na cabine do fim de semana e uma mensagem de Jake com o link de um artigo intitulado "A história do carburador".

Isso me tira um sorriso na hora. Depois leio o artigo.

Aparentemente, carburadores não são usados desde 1994. Ah, agora eu entendi. Você é o Marty McFly. Logo depois, recebo uma notificação. Boa. E um segundo depois: O que vai fazer à noite? Estou na minha chefe. São quase sete!

Não tô mais trabalhando. A gente está de boa.

Vejo três pontinhos aparecerem e desaparecerem, aparecerem e desaparecerem, e então: Quer tomar uma depois?

———◆———

A gente se encontra no Zinqué, um restaurante em Melrose com comida medíocre, mas um ambiente incrível. Jake pede tequila soda com limão para nós dois e vamos para uma mesa alta em um canto. Ele está vestindo uma camiseta de manga comprida de piquet branco da Henley e jeans escuro, e as pontas de seu cabelo ainda estão úmidas do banho. Além disso, está cheiroso.

"O que você fez mais cedo?", pergunto.

"Escalei meu time num desses jogos de fantasia." Ele faz uma careta. "Sinta-se livre pra ir embora agora."

"Eu jogava futebol quando criança", digo.

O rosto de Jake se ilumina. "Eu também! Às vezes ainda jogo em um time da cidade. É misto, se você quiser experimentar."

Balanço a cabeça. "Ah, não. Atividade física não é bem uma coisa que faço, agora que sou adulta. Envolve muito suor, e agora tenho toda uma rotina sempre que lavo o cabelo. Mas parece divertido."

Jake fixa os olhos em mim. "Não acredito."

Pego uma mecha do meu cabelo. "Tá, não é bem uma rotina... tipo, eu só passo condicionador, mas mesmo assim..."

Jake sorri e balança a cabeça. "Eu não estava falando disso."

Olho nos olhos dele. "Eu sei."

As bebidas chegam. Espremo o limão na minha e depois jogo a casca dentro do copo.

"Então você e sua chefe são amigas?", pergunta Jake.

"A gente não chega a ser 'amiga'. Mas é, eu gosto dela. E não costumo recusar quando me oferecem comida tailandesa de graça."

Jake assente duas vezes em sequência. "Oferecer comida tailandesa de graça. Anotado."

"Ela é legal; muito talentosa, mesmo. Produz, tipo, vinte filmes por ano. A gente tem que respeitar o corre dela."

"É isso que quer pra você um dia?"

Não sei bem como responder. *Não, na verdade não, não tenho esse nível de motivação.* Ou: *Apesar de ter trinta e três, ainda não sei bem o que quero da vida.*

"Acho que tenho problemas para assumir compromissos."

Jake pigarreia. "Quero saber mais disso aí."

Apoio os cotovelos na mesa. É de madeira rústica. Com ferragens pretas.

"Fiquei meio perdida depois da faculdade e, sinceramente, às vezes ainda sinto que estou. Não que não goste do meu trabalho, porque gosto. Gosto de filmes, gosto de ser assistente... e acho que sou boa nisso, de verdade. Só não sei se quero o trabalho de Irina. Acho que uma resposta sincera seria: não acho que isso seja uma possibilidade."

Vejo que os olhos de Jake procuram pelos meus. "Por quê?"

"Sinto que talvez tenha perdido a chance, sabe? Que tenha esperado demais. Todo mundo que conheço está em uma trajetória estratosférica que teve início há um bom tempo."

"Não acho que isso seja verdade", retruca Jake. "A gente ouve o tempo todo sobre pessoas começando a atuar aos cinquenta, dirigindo seu primeiro filme aos sessenta, entrando na faculdade de medicina aos quarenta."

"Quando foi a última vez que você ouviu falar de alguém que entrou na faculdade de medicina aos quarenta?"

Jake toma um gole da bebida. "Eu já li sobre uma pessoa assim. O que quero dizer é que isso acontece o tempo todo. Não existe uma maneira única de chegar aonde se quer chegar. Sempre dá pra ser a exceção."

Eu sou a exceção. Sou a exceção de muitas maneiras — a anomalia, o ponto em que a sequência falha. Tenho algo que ninguém mais tem. Ou, pelo menos, não que eu saiba. Talvez seja egoísmo pensar que eu poderia ser extraordinária em outras áreas da minha vida também. Talvez até perigoso — exigir um pouco demais do destino.

"A força de vontade pra isso tem que ser enorme", digo.

Jake olha para mim, e eu entendo o que ele quer. Profundidade. Disposição a se embrenhar, a ir até o centro da coisa.

"E você tem essa força de vontade?", ele pergunta.

A expressão dele é sincera, o colarinho da camisa está desabotoado. Parece uma porta pela qual eu poderia passar. E quero passar. Quero entrar. Quero contar a Jake, esse lugar tão novo, tudo o que ele ainda não sabe.

Mas ainda não chegou a hora. Estamos apenas começando. Não posso abordar questões mais importantes, mais profundas. Elas estão trancafiadas em uma caixa debaixo da minha cama. Folhas e mais folhas de papel.

Dezenove

Acordei em Big Sur e me virei para procurar por Hugo. Tudo o que vi foi um espaço vazio. Eu me sentei e olhei lá para fora — o dia mal havia clareado, e o quarto permanecia na penumbra, o sol parecendo estar preguiçoso demais para raiar. "Hugo?" Não houve resposta.

Debaixo das cobertas, eu estava nua. Fechei os olhos e imagens da noite anterior passaram pela minha cabeça — a boca de Hugo no meu pescoço, suas mãos ao lado do meu corpo, nos meus quadris. O som denso e inebriante de sua voz.

Havia um roupão pendurado na cadeira perto da cama, descartado na noite anterior, e eu o vesti e dei um nó para fechar o cinto.

Onde estava Hugo?

Fui até o canto da cama e coloquei os pés no chão, calcei os chinelos e saí para o terraço.

A floresta em volta continuava adormecida. Nada de barulho de trânsito, de vozes ou de eletrônicos — o silêncio era inclusive visual. Eu não via nenhuma luz artificial ou construção a não ser por dois outros bangalôs. Tudo parecia imaculado, intocado pelas cores e pelos sons da vida moderna. Abaixo de mim, o oceano inspirava e expirava, respirações lânguidas.

Quando eu era nova, meus pais me levavam a Manhattan Beach. A gente estacionava longe para não ter que pagar e descia as ruas íngremes até o calçadão. Às vezes, levávamos bicicleta, mas em geral ficávamos na areia: com nossas toalhas, um guarda-sol grande e um cooler cheio de comida. Minha mãe sempre me deixava ajudar a arrumar as coisas, então eu sabia que além de pão de centeio e queijo também tínhamos salgadinhos e cookies com gotas de chocolate. Meu pai saía para correr, minha mãe sempre levava um livro e eu alternava entre o mar e voltar até minha mãe, gritando e correndo — livre e cheia de sal.

Naquela época, o mar me parecia vivo. Me lembro de pensar que, se eu nadasse bastante, chegaria ao lugar onde a água encontrava o céu. Poderia tocar o horizonte, passar a mão pela borda dele.

Agora, olhando lá para baixo, para o mar em Big Sur, eu me perguntava quando tal crença teria se extinguido. Teria sido em sala de aula, ao aprender que a Terra era redonda? Eu não tinha lembranças do momento específico da grande descoberta, de ter tido uma grande revelação. Quando deixamos de acreditar nas coisas que acreditamos? E por que esse processo é gradativo, e não de uma vez só?

Fazia frio na sacada. Provavelmente uns cinco graus. Fechei mais o roupão em volta do corpo e enfiei as mãos nos bolsos. Senti que despertava, ganhava vida a cada respiração visível e nebulosa. Um mês. Tinha sido o bastante. Quatro semanas para perceber que eu não daria ouvidos. Que não importava o que o bilhete dizia, não para mim. Eu o queria. Queria acordar com ele e ir dormir com ele. Queria me ver atrás dele no espelho do banheiro pela manhã, meu rosto contra suas costas molhadas, enquanto ele se arrumava para o trabalho. Eu queria que os pés dele encontrassem os meus no meio da noite. Queria ser a primeira pessoa para quem ele ligasse, o lugar onde ele descansava do caos do resto do mundo, o atrito constante no ritmo da vida dele. Eu queria ser *a mulher* para ele. Queria muito mais do que noventa dias. Queria tudo.

"Bom dia."

Eu me virei e me deparei com Hugo vindo na minha direção. Vestia roupa de corrida e segurava dois cafés. Tomou um gole de um, deixou ambos na mesa de canto e veio me abraçar. Apoiei a cabeça em seu peito. Ele estava suado do exercício físico e cheirava como tudo a nossa volta: suor e terra.

Girei o corpo na direção dele e passei os dedos por seu cabelo. Os olhos dele encararam os meus.

"Oi", disse ele. "Dormiu bem?"

Só balancei a cabeça. Levei as mãos ao rosto dele e me estiquei para alcançá-lo, na ponta dos pés, e beijá-lo.

A boca dele estava com gosto de café, e eu o puxei para baixo — querendo-o mais perto, meu aperto mais forte.

As mãos de Hugo encontraram o cinto do meu roupão e desfizeram o nó, abrindo o tecido de cor terrosa. Quando seus dedos tocaram meu corpo, estavam frios, e eu me sobressaltei, porém minha pele levou apenas uma fração de segundo para se acostumar com a temperatura. Os dedos dele acariciavam meu abdome — subindo e descendo.

Levei Hugo para dentro.

Tiramos tudo um do outro. Roupa, tênis de corrida, o que ainda faltava do roupão. Eu me sentei na cama e Hugo se debruçou sobre mim, ofegante.

"Você é gostosa demais", disse. Em vez de fluírem, as palavras saíram truncadas. *Gostosa. Demais.* "Me diz o que você quer." A voz dele estava rouca e nebulosa como a manhã a nossa volta.

"Quero você."

Ele se inclinou e levou os lábios aos meus. Posicionou o corpo de maneira a não deixar espaço entre nós. Senti seu peso — sua importância —, seu um metro e oitenta e oito. "Eu estou bem aqui", disse Hugo.

E então ele entrou em mim. Fechei os olhos, mas logo abri e o vi olhando para mim. A testa de Hugo estava suada e seus ombros trabalhavam ao mesmo tempo, chacoalhando-se na minha direção, e eu estendi as mãos e agarrei seus bíceps.

De repente, dois desejos opostos afloraram em mim. O de permanecer ali para sempre, de nunca nos separarmos, de passar a vida toda naquele estado de êxtase íntimo. Mas depois: o desejo de desfrutar do alívio. O prazer que só a certeza, só a noção do que vem depois, proporciona.

Senti um fogo ganhando força dentro de mim. Começou na barriga e irradiou para os braços, as pernas, os dedos, os pés e os dedos dos pés, até que fui engolida pelas chamas.

"Hugo", eu disse, e ele se moveu em resposta — embaixo de mim, acima de mim, dentro de mim. Tudo ao mesmo tempo.

"Fala comigo", ele disse, no meu ouvido. *Fala comigo fala comigo fala comigo.*

Vinte

"Desculpa", diz Jake. "A luz da entrada queimou. Aqui". Sinto a mão dele pegando a minha enquanto andamos no escuro até eu ouvir o ruído fraco do interruptor antes de a luz lá de dentro se acender.

O apartamento continua igual à outra noite — só um pouco mais arrumado. A manta no sofá está dobrada direitinho e não tem nenhum copo esquecido na mesa.

"Quer beber alguma coisa?", pergunta Jake.

"Só água", digo.

"Já trago."

Ele entra na cozinha, e eu me sento no sofá. O céu está nublado, e a escuridão lá fora parece opressora, como um cobertor pesado. Ou talvez seja apenas o fato de que finalmente parei um pouco.

Jake me passa um copo e se senta ao meu lado. "É da torneira", ele diz. "Minha jarra purificadora quebrou."

"Não acredito em jarras purificadoras", digo. "Parecem meio golpe."

Ele aperta os olhos. "Acho que você tem razão."

Tomo um gole e deixo o copo na mesa de centro. Jake leva a mão ao meu joelho, depois entrelaça os dedos nos meus. Sinto o calor de sua mão, o calor dele. E então sinto algo mais — uma força que se esgueira entre nós. Expectativa, talvez. A consciência de que o que vai acontecer importa de uma maneira que nada até agora importou. Tudo aquilo que eu sei e ele não sabe.

"Jake", digo.

"Oi."

"Preciso te contar uma coisa."

Ele se recosta até estar olhando para mim, porém não solta minha mão. Sinto seu polegar passando pelos nós dos meus dedos.

"O quê?"

"Eu não... não sou exatamente igual às outras mulheres."

Jake ri. "Eu percebi", diz ele. "E gosto muito disso."

Balanço a cabeça. "O lance é..." Inspiro fundo, pensando no que dizer. Como contar que sei de algo que vai mudar a vida dele para sempre? Como compartilhar algo assim tão inacreditável?

"Tudo bem", diz Jake. "Você não precisa fazer nada que não queira agora."

E então eu sinto — de uma vez só, como um redemoinho no estômago. Aquela atração magnética que sinto por ele. Aparece espontaneamente, como um gênio em meio a uma nuvem de fumaça. *Puf.*

"Não", digo. "Eu quero."

Jake leva a mão ao meu rosto, e de repente estamos nos beijando. Em segundos, estou em cima dele, com um joelho de cada lado de sua barriga, a boca em seu pescoço, as mãos em seu cabelo, em seus ombros, agarrando o que veem pela frente.

As mãos dele descem pelas minhas costas e chegam à cintura. Nossas bocas travam uma batalha — como se estivéssemos tentando encontrar algo um no outro, uma chave escondida enterrada sob dentes, gengivas e osso.

Ele se ajeita, segurando meus ombros, e depois beija minha orelha. "Quer ir lá pro quarto?" A voz dele sai entrecortada e falha no fim — é a comédia se esgueirando.

"Quero", respondo.

Jake se levanta, pega minha mão e me conduz. Inspiro e expiro devagar enquanto andamos. Nunca entrei no quarto dele. Tem paredes brancas e edredom azul. Porta-retratos na mesa de cabeceira e na cômoda. Ele fica atrás de mim, as mãos na minha cintura. Pego uma foto.

"Quem é essa?", pergunto.

Tem uma menina de cabelo loiro cacheado sorrindo enquanto se pendura em um filhotinho de cachorro dourado.

"Maya", diz ele, com os lábios no lóbulo da minha orelha. "Depois te falo dela."

"Sua sobrinha?"

Jake para e solta o ar. "É. Ela é muito fofa."

"Parece mesmo."

"Sou louco por ela", comenta ele. "Nem consigo acreditar em como está crescendo rápido. É uma doideira. Parece coisa de outro mundo."

Jake nunca faz tipo. É tão puro — tudo o que diz é sincero.

Ele sussurra no meu ouvido: "Você quer ter filhos?".

Nunca perdi muito tempo pensando em filhos. Eu não fazia ideia de como eles se encaixariam nas minhas equações. No entanto, essa não parece a resposta certa para o momento. E nem sei mais se ainda é verdade. Tem alguma coisa no Jake que me faz querer ser honesta. Talvez a verdade seja que eu nem sei o que quero. Talvez as coisas estejam mudando.

"Hoje não", digo.

Ele sorri e leva as mãos até as minhas costas. Enlaço o pescoço dele e nossos corpos voltam a se colar. Caímos na cama. Jake se apressa a tirar os travesseiros do caminho.

"Nunca entendi qual é a das almofadas decorativas", diz ele.

"Ninguém sabe explicar, todo mundo só tem um monte delas."

"A gente precisa começar a desconstruir isso." Jake pega uma almofada com listras azuis e marrons e a joga de maneira dramática ao pé da cama, depois volta a se virar para mim.

"Desculpa", ele diz. "Onde estávamos?"

Eu me levanto e apago a luz. No escuro, me inclino na direção dele. Meus dedos sobem por seu peito até puxá-lo pelo colarinho. "Aqui", digo.

Jake enfia a mão no meu cabelo e leva meus lábios aos seus. Os beijos dele são incríveis. Suaves, solícitos e cada vez mais urgentes. Como o rugido baixo de uma onda. De repente, sinto que estamos prestes a afundar.

Nossas roupas logo saem.

E ele está deitado em cima de mim, nu. Faz silêncio no quarto. Ouço minha própria respiração.

Jack pega uma camisinha na mesa de cabeceira e volta a beijar meu pescoço, passando as mãos pela minha barriga.

"Tudo bem?", pergunta ele.

Eu me ajeito debaixo de Jake em resposta.

Não acredito que sexo tenha alguma importância além daquela que você atribui a ele. Não determina a seriedade de um relacionamento, não é um barômetro para os sentimentos de ninguém e tem pouco a ver com amor, pelo menos não como consequência dele. No entanto, deitada debaixo de Jake, eu me pergunto se o sexo não pode expressar algo mais — certo nível de ternura. Como se através dele pudéssemos medir não a força dos sentimentos de uma pessoa, mas o quanto está dedicada.

Vinte e um

"E aí, como foi?"

Hugo e eu nos encontramos para o brunch no Toast, um lugar famosinho que ele adora e eu acho normal, na Third Street, em West Hollywood.

"Como é que você sabe?"

Hugo ri. "Quer mesmo que eu responda?"

Tiro os óculos escuros e o encaro. "Porque a gente já dormiu juntos?"

Ele sorri. Pega seu café da mesa. "Eu conto pra você o que acontece na minha vida, só quero que se sinta livre pra desfrutar dos mesmos privilégios."

"Que generoso."

"Eu sei", ele diz. "O café hoje também é por minha conta."

Tomo outro gole de café. Hugo fica olhando para mim, pensativo.

"Mas falando sério, Daph. O que rolou?"

O que rolou foi que passei a noite com Jake; ele me acordou com café e me perguntou na mesma hora se podia me ver na noite seguinte. O que está rolando é que ele me manda mensagens o dia inteiro para me perguntar o que estou fazendo, mandar memes engraçados ou só fazer uma piadinha. O que está rolando é que ele talvez seja a melhor pessoa com quem já saí.

"Gosto dele", digo. "Muito. Jake é sincero e atencioso. Nunca conheci alguém assim, que simplesmente fala o que pensa."

Hugo passa a mão pela parte de baixo do rosto. "Nossa", diz ele. "Admirável."

"'Admirável' é um bom adjetivo pra ele."

"Então a gente pode dizer que vocês transaram de um jeito admirável."

Dou risada. "Eu diria que a gente transou de um jeito atencioso."

Hugo pensa a respeito. "Posso fazer uma pergunta?"

"Pode", digo. "Você era atencioso. Mas de um jeito diferente."

Ele balança a cabeça. "Não. Só fiquei me perguntando se alguma vez você me considerou alguém com quem poderia ter uma vida."

Sinto meus ombros enrijecerem. Inclino o pescoço para um lado e para o outro. "Como assim?"

Hugo leva a mão ao queixo e o massageia. Os olhos dele fogem dos meus. "Tipo, teve alguma vez que você pensou, sei lá, que a gente poderia durar mais que três meses?"

Nunca falamos sobre isso. O que aconteceu, aconteceu. Viramos amigos. Nossa amizade se baseia em deixar o passado para trás e manter os pés firmes no presente.

"Hugo", digo. "Você sabe a resposta. O papel dizia três meses."

"É, eu sei", ele diz. "Claro." Só que de repente seu tom é amargo, talvez até um pouco bravo.

"O que você tem? Terminou com a Natalie ou algo do tipo?"

"Não", responde ele. "Não, quer dizer, sei lá. Nem tem nada pra terminar porque a gente nunca nem começou."

"Tá", falo. "Então o que foi?"

Hugo fixa os olhos nos meus. "Eu fico pensando nisso", ele diz. "Às vezes. Sei que não deveria dizer isso, mas fico pensando."

Tenho um leve sobressalto. Sinto suor escorrendo pelas minhas costas. O dia está quente, e parece que não tem ar--condicionado aqui. Minha camiseta de algodão está grudada no corpo como filme plástico.

"Você não pensa nada", digo. "Não de verdade. Só acha que pensa porque agora encontrei alguém e estamos conversando sobre isso."

"Não fala assim", ele pede. "Eu odeio ser clichê."

"É sério, Hugo, faz cinco anos que a gente terminou. Você nunca desejou que as coisas tivessem sido diferentes, nenhuma vez."

Ele balança a cabeça. "Como você sabe?"

Penso em como Hugo e eu ficamos amigos depois do término. No fato de que pareceu não haver esforço, como se ele estivesse destinado a fazer parte da minha vida. Foi bom não precisar perdê-lo, como eu havia perdido todos os outros. Sinceramente, acho que não teria aguentado.

Fomos tomar um café juntos um mês depois de terminarmos; três semanas depois, nos trombamos na fila da Everwhon. Hugo sugeriu que almoçássemos e logo estávamos passando tempo juntos.

Um almoço se transformou em cinco anos. Cinco anos de noites regadas a álcool, manhãs de ressaca, namoradas e namorados, festas de aniversário e viradas de ano. Eu já cheguei a pensar sobre isso algumas vezes — claro que sim. Mas meu tempo com Hugo acabou. Nunca tivemos uma recaída.

"Para com isso, Hugo..."

Ele balança a cabeça e pega o copo de água. "Você tem razão. Talvez eu esteja mais confuso em relação à Natalie do que imagino."

Sinto uma pontada no estômago e depois meio que murcho. Decepção e alívio, de uma vez só. Porque Hugo não sente saudade de mim. Só está em meio a uma crise de identidade, e sou o mais próximo de uma terapeuta que ele tem no momento.

"Olha", digo, "talvez você esteja a fim de um relacionamento de verdade."

Ele ri. "Há. Aham. Até parece."

"Estou falando sério. Quando foi a última vez que você ficou com uma pessoa só?"

Hugo olha para mim. Engulo em seco, porque sei a resposta. Cinco anos atrás.

"E você contou pra ele?", pergunta Hugo.

Baixo os olhos para o prato — que tem o bagel com cream cheese e cebolinha, tomate e alcaparras que comecei a comer —, depois o encaro. "Não", respondo.

Hugo assente. "Então acho que ainda sou especial."

Ergo as sobrancelhas para ele, que retribui meu olhar. Mas ele não parece triunfante. Há certa tristeza na maneira como me diz, logo depois: "Ainda sou o único que sabe do seu segredo".

Vinte e dois

Três meses se passam, e depois mais dois. Jake e eu continuamos nos vendo. Nosso relacionamento progride devagar e é tranquilo — como se estivéssemos sem pressa em uma estrada livre. Só seguimos em frente. Começo a dormir na casa dele com certa frequência, depois a passar fins de semana inteiros lá — comendo pizza e vendo filmes antigos. Levo Murphy. Ele e Sabre parecem colegas de quarto que se encontraram por um anúncio. Não fazem lá muito esforço para interagir, mas também não parecem ter problema com o outro.

Jake compra uma escova de dentes elétrica para mim. O aparelho inteiro — com uma base separada e um carregador.

Depois, no fim do inverno, me chama para ir morar com ele.

Jake está sentado no sofá e eu estou no chão, com uma caixa de sushi e sashimi do Sugarfish na mesa de centro a nossa frente — de atum, pepino, salmão —, e ele só solta:

"Quer vir morar aqui?"

Pego uma peça com meus pauzinhos. "Como assim?"

"Sabe, mudar pra cá e aí esse lugar é sua casa também?"

Ele mergulha um sashimi de salmão no shoyu. "A gente

economizaria em papel higiênico e maçã. Eu compro bastante maçã."

Deixo os pauzinhos de lado e me viro para olhar para ele. Jake está com um sorriso no rosto — um sorriso grande e meio pateta.

"Tá falando sério?"

"Tô", reforça Jake. "Ando pensando bastante a respeito. Você tá sempre aqui e acho que a gente gosta de ficar juntos." Ele olha para mim. "A gente gosta, né? O apartamento é grande pra nós dois, Murphy e Sabre."

É verdade — nas últimas seis semanas, passei mais tempo em Wilshire Corridor que em West Hollywood. Fiquei amiga dos vizinhos de Jake, principalmente da sra. Madden. Ela me faz biscoitos de amêndoa no sabá. Toda sexta tem uma latinha deles na porta de Jake.

"Claro que a gente gosta. Eu adoro ficar aqui."

Mas também adoro minha casa. É descolada e meio mofada. Tem rachaduras no piso da cozinha e a tinta dos armários está descascando. Mas é meu lar há sete anos. Conheço todos os cantinhos, o modo como o piso do quarto se curva perto da cômoda, o modo como os azulejos do banheiro sempre se soltam e eu tenho que colocar de volta como se fosse um quebra-cabeça. Não sei se estou pronta para desistir dele.

"Isso é um sim?"

"É um passo importante."

Jake assente, devagar. "Eu sei. Mas não estou com medo. Me parece a coisa certa a fazer."

Volto a me virar para a comida. Nos últimos cinco meses, passamos a conhecer um ao outro nos aspectos mais e menos importantes — um limiar que nunca cruzei com ninguém. Jake conheceu minha família, já me viu com fome e sabe que preciso tingir o cabelo a cada três semanas, ou os fios brancos aparecem. Porém não sabe daquilo que vivo tentando lhe dizer. Não sabe sobre os bilhetes e o que significam.

Sinto as mãos de Jake nos meus ombros. Ele começa a massageá-los, e a tensão vai embora do meu corpo imediatamente. Passo a me sentir como sempre me sinto na companhia dele — calma e bem.

"Sei que é muita coisa pra digerir", diz ele. "Ainda mais pra uma pessoa avessa a compromisso." Percebo que está brincando quando ouço aquele tom risonho, que é a sua cara.

"Não mais."

Jake sorri. Então apoia uma palma no meu ombro. "Só estou pedindo que pense nisso."

Eu me viro para encará-lo e ele abaixa o rosto para encostar seus lábios nos meus. O gosto é de conserva de gengibre e cerveja. Uma delícia.

"Tá", digo. "Vou pensar nisso."

"Seria divertido", insiste Jake. "Poderíamos ficar acordados até tarde e comer um monte de doce."

"A gente não tem doze anos."

"Não?" pigarreia Jake. "Ah bom, então tá explicado por que a gente transa."

Ele apoia as duas mãos nas laterais do meu corpo, na altura das costelas. Rolo de lado, gargalhando.

"Seria legal", diz Jake. Ele segura meu corpo de um jeito carinhoso. "Murphy gosta daqui também."

"Murphy tem medo de altura", relembro. "Ele ainda não se decidiu."

"A gente dá um jeito nisso. Eu coloco rede." Jake fica em silêncio por um momento. "Só queria você aqui."

Dou um beijo nele. "Também queria ficar aqui."

Penso em toda a intimidade, na impossibilidade de guardar segredos. Como esconder algo em setenta e cinco metros quadrados?

"Ah, não", diz Kendra quando conto a ela. Estamos na cozinha de Irina, na noite do dia seguinte. Ela está sentada na banqueta da bancada segurando um chá de hortelã da Starbucks enquanto eu dou uma olhada na correspondência da minha chefe.

"Adoro minha casa. Você sabe disso."

Kendra dá de ombros. "A mudança é a única certeza nessa vida, amiga. E que bom. Você passou cinco anos ótimos lá."

"Sete."

"Melhor ainda. Jake é um cara incrível que se importa com você, que quer construir uma vida com você. E me parece que você também quer. Poderia ser muito pior."

"Eu sei", digo. "Claro que sei. Mas não é meio cedo? Não faz nem seis meses que estamos juntos."

"Quando estamos com a pessoa certa, a gente sabe", responde Kendra. "Joel e eu nos casamos depois de seis semanas."

"A situação era diferente."

"Só porque levei quatro dias pra passar de uma aversão à ideia de casamento a ser incapaz de conceber uma vida sem ele."

"Não sei", digo. "Eu gosto da ideia de casamento."

Penso em Jake — na segurança e na calma que sinto na presença dele. Mas passei a vida inteira sabendo o prazo de validade das coisas. Que nada era para sempre. É difícil mudar para o inverso disso.

"Você é bem diferente de mim." Kendra pega o próprio copo e dá um gole. "O amor não é um sentimento único, sabe? Amor é só uma coisa que a gente precisa. No meu caso, foi uma mudança instantânea. No seu, é diferente."

Jogo alguns folhetos de propaganda no lixo. "Que romântico."

Kendra revira os olhos. "Dá um tempo", ela diz. "O que você quer? Ficar brincando de gato e rato com o Hugo pelo resto da vida?"

O comentário dela me deixa triste na mesma hora. Hugo e eu temos nos visto menos ultimamente. Ele tem viajado bastante, sempre de fim de semana, e eu tenho passado mais noites em Wilshire Corridor do que em casa. No sábado passado, Jake e eu pedimos pizza, assistimos *Bachelorette* e pegamos no sono antes das dez.

Há um carinho no meu relacionamento com Jake, um conforto que nunca senti, que nem sequer sabia que existia. Às vezes, no entanto, fico com medo de que isso signifique que estou desaparecendo — de que tudo o que tenho de cintilante e vívido perde força em nosso casulo. De que nunca mais vou recuperar aquele brilho de antes — de que essa intimidade toda está aparando todas as minhas arestas.

"Claro que não", digo.

"Do que estamos falando?" Irina aparece na cozinha com um fone Bluetooth em um ouvido e o celular no outro. Está vestindo calça de couro e blusa preta justa de gola alta, muito embora esteja estranhamente quente para fevereiro.

"É com a gente?", pergunta Kendra, baixinho.

"Claro!" Irina olha para Kendra. "Você vem bastante aqui. Ainda não arranjou outro emprego?"

"Arranjei; é que tenho saudade de você." Kendra sorri, e Irina dá um tapinha nas costas dela. "E o trabalho é remoto na metade do tempo."

"Ah, sim", diz Irina. Sua voz não demonstra emoção. "Você parece mesmo estar trabalhando bastante."

"Estamos discutindo o fato de Jake ter chamado Daphne para morar com ele."

Irina vira o rosto na minha direção. "Você está brincando."

"Ah, nossa, valeu. A gente se sente tão querida aqui."

Irina me olha de esguelha. "Não foi isso que eu quis dizer, você sabe. Não se faz de boba."

"Ainda tá cedo", argumento. "Morar juntos é um grande passo."

"Um passo gigante", responde Irina. "As pessoas precisam ter certeza de que estão na mesma página quando o assunto é produtos de limpeza não agressivos e a forma de se livrar de esquilos."

"Isso foi bem específico", comenta Kendra.

"Estou mais preocupada com a falta de privacidade", digo.

Irina olha para mim. "Sua ou dele?"

"É que tem umas coisas sobre mim que Jake não sabe."

"Tipo o quê?", pergunta Kendra. "Que você nem sempre separa o lixo reciclável? Ninguém se importa."

Irina chega mais perto e põe a mão no meu braço. Não costuma ser afetuosa, então, quando é, sei que é sério. "Faz só aquilo que te deixa confortável, querida. Se for morar com ele e não gostar, vá embora. Dá sempre pra mudar de ideia. E depois mudar de novo. E de novo. Não precisa levar nada tão a sério."

"Isso aí não é uma coisa que o Tony Robbins sempre fala?", pergunta Kendra. "Se algo não estiver funcionando, mude. E continue mudando até funcionar?"

"É uma coisa que a Penelope sempre fala", comenta Irina, com certo cansaço. "Então deve ser do Tony Robbins mesmo."

"Mas eu ainda não entendi por que tanto receio", diz Kendra, e aperta os olhos quando olha para mim. "Quer dizer, talvez eu tenha entendido."

Dispenso o comentário com um gesto. "Nunca morei com um cara."

"Mas a gente tá falando do Jake", comenta Kendra. "O melhor cara que existe."

Sorrio. "Verdade."

"Então o problema está resolvido."

———◆———

Chego em casa um pouco depois das nove. Deixo a blusa no sofá e vou para o quarto. Eu me sento no chão e tateio embaixo da cama. Meus dedos logo encontram. Não é grande, deve ter uns sessenta por sessenta — a caixa. Minha caixa. Cheia de papéis. Tem postais, papeizinhos de biscoitos da sorte e a ponta de um jornal enrolado.

Peter, cinco semanas.
Josh, seis meses.
Stuart, uma noite.

Eles dividem minha vida em unidades de tempo. Dias, semanas, meses, anos. Tiro o último papel da bolsa, aquele que venho levando comigo desde que conheci Jake, cinco meses atrás.

E o guardo também.

Vinte e três

TAE

DOIS ANOS E DOIS MESES

Nós nos conhecemos no meu penúltimo ano da faculdade, em um barco no meio do Pacífico. Tínhamos, ambos, nos inscrito para um lance de orientação no mar que envolvia ir à ilha de Santa Catalina, ao sul da Califórnia, e passar o dia lá. Era obrigatório para quem estudava biologia marinha, que não era o meu caso, mas me pareceu uma ótima desculpa para sair um pouco do campus.

Tae estava meio chateado. O intuito dele era entrar para a Escola de Medicina de Stanford, e não podia se dar ao luxo de perder o foco em suas atividades oceânicas.

Quando o vi pela primeira vez, estava discutindo com a assistente. "Achei que fôssemos estudar biologia. Está me dizendo que vamos até Catalina para *recreação*?" Ele falou a última palavra como se fosse um palavrão.

A assistente, que se chamava Kensington — e eu me lembro disso porque todo mundo a chamava de Kenny, como o personagem de *South Park* —, disse para Tae que se tratava de uma excursão educacional, pré-requisito para passar na disciplina que ele estava cursando.

Tae grunhiu contra o colete salva-vidas.

Devia ter uns doze alunos no barco, no total. Enquanto os outros se reuniam dentro ou nos fundos para colocar vodca na limonada escondido, fui me sentar lá na frente. Barcos sempre me deixavam enjoada — algo que eu parecia ter esquecido.

Tae se aproximou com uma toalha na mão. "Esse lugar está livre?"

Acenei com a cabeça e ele abriu a toalha e se sentou.

"Aperta o ponto entre o polegar e o indicador", disse Tae, sem olhar para mim.

"Quê?"

"Você está enjoada; vai ajudar." Ele mostrou para mim com as próprias mãos. Tentei imitá-lo.

"Aqui." Tae pegou minha mão e apertou mais o dedão. Senti uma dor aguda, como um espasmo, e logo a pressão no estômago se abrandou um pouco.

"Funciona mesmo."

"Pois é", disse Tae, ainda segurando minha mão. Continuou imprimindo força no meu dedão, mais ou menos, até chegarmos à ilha.

Tae era direto. Os pais dele eram imigrantes, ambos médicos. Ele não tinha muito tempo para palpites ou frivolidades. Amava ciência — os fatos difíceis e frios da vida. Era apaixonado pelo meio ambiente — me incentivava a separar o lixo reciclável e se recusava a comprar café para viagem a menos que estivesse com sua caneca de aço inoxidável. Mas para mim já era exagero fazer compostagem no meu quarto no alojamento estudantil — ou foi o que minha colega de quarto achou.

"Isso aqui não é uma comuna", ela havia dito quando Tae chegara com uma caixa de plástico e jogara uma casca de banana dentro.

Ele também era inteligente. A natureza exigente dele transparecia em seus pensamentos. E era deslumbrante —

alto, magro, com a quantidade certa de músculos e um rosto tão simétrico que eu costumava brincar que só podia ter vindo de um tubo de ensaio. A perfeição física dele seria incômoda, não fosse a compensação por sua severidade, seu humor e o modo lindo e dogmático como via o mundo.

Depois da viagem até Catalina, começamos a nos encontrar, como amigos, na biblioteca da escola de medicina. Tae morava em uma república bem ruinzinha, mas que ficava do lado do prédio onde estudava. Se eu queria vê-lo, sabia onde procurar. Ou ele estava na biblioteca, ou no laboratório. Se não estivesse em nenhum desses dois lugares, a terceira opção era em casa, dormindo.

Eu gostava da faculdade — gostava da estrutura dela, e o ritmo previsível era ótimo para mim. A energia. Também adorava o fato de que eu podia me inscrever em aulas que só começavam depois das onze da manhã.

A faculdade de medicina tinha as melhores salas para um estudo compenetrado — a biblioteca em si estava sempre lotada e barulhenta, apesar da exigência de se observar o silêncio. Havia barulho de passos demais, alunos demais indo e vindo com frequência demais. Na faculdade de medicina, no entanto, quando uma pessoa estudava, era *por horas*.

Foi na semana seguinte, na sexta à noite. Estavam na semana das irmandades e fraternidades, quando todas as casas no campus escolhiam seus novos membros. Pouquíssimos estudantes de medicina entravam no sistema grego — porque não tinham tempo —, e mesmo assim a biblioteca estava mais vazia do que o normal.

Fiz uma pergunta a Tae sobre a aula que fazíamos juntos. Não estava entendendo algo de engenharia genética.

"Pra que um vetor é usado?", sussurrei.

Ele bateu com o dedo no livro e o passou para mim. *Um*

vetor é usado para transferir material genético para um organismo hospedeiro.

Fiz algumas anotações e li um infográfico ao pé da página.

E foi aí que eu senti. Como se fosse um fogo, lambendo meu peito por dentro.

Me lembro de Tae ter se virado para mim, a princípio irritado, acho, por um movimento ou som repentino ter interrompido o fluxo de seus pensamentos. Então o rosto dele passou de preocupado para alguma outra coisa, uma coisa que pouquíssimas vezes eu havia visto em olhos direcionados a mim, pelo menos desde que estivera no segundo ano da escola e havia caído do trepa-trepa e quebrado o braço. Medo.

A dor não mudou de lugar, mas se espalhou, e eu comecei a sentir que me sufocava, como se eu já não soubesse mais respirar. Tae chamou uma ambulância. Tiveram que fazer reanimação cardiorrespiratória em mim. Usaram um desfibrilador. Em três minutos, estávamos no hospital.

Fizeram vários exames. Nesse meio-tempo, meus pais apareceram. Perdi a consciência, ou me sedaram, e quando acordei havia toda uma equipe reunida no meu quarto. Me lembro de ter pensado que parecia um seriado de tevê — os pijamas cirúrgicos de todas as cores, meu pai segurando seu café, minha mãe usando óculos. Tae, agora envolvido no drama familiar. Não poderiam ter produzido melhor aquela cena.

E foi então que me contaram. O que preciso contar agora. A verdade que venho evitando. Não é uma caixa só debaixo da minha cama, mas duas. Uma mede minha vida em nomes e unidades de tempo, e a outra em miligramas.

A segunda caixa tem receitas com palavras complexas como *nitroglicerina* e *captopril* rabiscadas sob o logo do hospital. Tem frascos de aspirina, remédios para o colesterol e diuréticos, que ajudam meu corpo a se livrar do sódio e da água. Tem recomendações de estilo de vida, da quantidade de atividade física que posso fazer, limitação da quantidade de sal que posso ingerir. Tem registros de internações e de procedimentos. Meu nome é até outro nesta daqui. Nesta caixa, sou a Paciente.

A verdade é dura. É complicada. Nem sempre segue uma estrutura simples. Nem sempre é conveniente. É por isso que às vezes nos esforçamos ao máximo para deixá-la de fora da história pelo maior tempo possível. Nós a empurramos para os cantinhos, não damos destaque. Até que, uma hora, ela vem. Claro que vem.

Você pode correr, mas não pode se esconder.

Vinte e quatro

A equipe usa o jargão médico complicado, palavras e frases que vou levar semanas para entender direito ou pronunciar por conta própria. Descubro que tenho uma cardiopatia congênita, que depois fui entendendo que é o termo guarda-chuva para *tem algo de muito errado com o seu coração*. É algo que tenho desde que nasci, mas sem dar sinais até aquele momento. Eles me disseram que tive uma parada cardíaca. Disseram que não é a mesma coisa de um ataque cardíaco — na verdade, é muito pior. Meu coração parou de bater. É um milagre eu ter sobrevivido, poucos sobrevivem.

Então os médicos vão direto ao ponto, deixando de lado as advertências e as frases complicadas: tenho insuficiência cardíaca.

"Por quê?", pergunta minha mãe.

Eu corro, estou com vinte anos. Tenho uma vida social intensa. Saio pra caramba e durmo pouco. Como posso ter insuficiência cardíaca? As coisas estão só começando.

É um defeito genético. Ninguém sabe por que ou como. Meus pais fazem os exames e descobrem que não tem nada de errado com eles.

"Uma anomalia", dizem os médicos. Inexplicável.

Da cama, com as máquinas apitando ao meu redor, solto uma risada. Porque é claro. Por acaso eu achava que aconteceria a troco de nada? Que o universo não ia querer nada em troca?

Tenho informações que vocês não têm, eu pensava com frequência. No quarto de hospital, quase ouço o sussurro cósmico em resposta: *Eu também*.

Os médicos dizem que minha situação é de nível dois. Naquela hora, não me disseram quantos níveis havia. A coisa só vai piorar, talvez até mais depressa do que eu esperava, ninguém sabe ao certo, mas tudo caminha para um único sentido. Se chegar ao quatro (o último, como venho a descobrir), às vezes o paciente precisa de transplante — o que não era fácil, e a equipe queria que eu entendesse isso. Os pacientes nem sempre sobreviviam à lista de transplante, porque, quanto mais velhos e mais doentes ficavam, mais difíceis as coisas ficavam, e às vezes o corpo rejeitava o coração, e os imunossupressores podiam causar câncer — e a lista de problemas continuava.

Minha mãe começou a chorar, meu pai parecia que não conseguia lembrar onde havia deixado as chaves.

As palavras deles soavam como uma avalanche — não paravam de vir, enterrando a vida que eu conhecia até então, que achava que conhecia, que talvez ainda estivesse planejando. Atividade física limitada, alterações no estilo de vida, medicamentos, cirurgia. Nenhuma gravidez no futuro, provavelmente. Uma lista de todas as maneiras como minha vida seria diferente da vida dos outros. Agora eu tinha que prender o fôlego, me preparar e só inspirar, inspirar e inspirar.

Fiquei saindo e voltando do hospital dos vinte e um aos vinte e três. Comecei a tomar um coquetel de remédios — escolhidos na base da tentativa e erro. Passei por procedimentos, cirurgias. Implantaram um marcapasso em mim. Parei de jogar futebol.

O tempo todo, Tae ficou ao meu lado — até encontrar-mos alguma estabilidade, uma combinação de miligramas e dispositivos que funcionava, que tinha funcionado até aquele momento. Não terminamos por causa da minha doença ou porque tive que me formar à distância ou porque ele estudava em San Francisco. Não, terminamos porque o sinal de celular era uma merda.

Quando eu estava no hospital, Tae vinha estudar no meu quarto. Ficava preocupado comigo, mas também acho que gostava de estar nas trincheiras, vamos dizer. Enquanto outros estudantes de medicina liam sobre casos como o meu em apostilas, Tae estava no hospital conhecendo os médicos, vendo as coisas em primeira mão. Ele avaliava os resultados dos meus exames, participava das reuniões da minha equipe médica. Aprendia na prática.

"Você não me ligou", ele disse. Era sexta-feira. Fazia três semanas que eu tinha voltado para casa. Estávamos no meu quarto, e Tae tinha ido passar o fim de semana comigo. Me lembro de ter pensado que aquilo quase parecia normal. Um casal de namorados de vinte e poucos anos tentando arranjar alguma coisa para fazer no sábado. Na casa dos pais dela, mas mesmo assim.

Os meses anteriores haviam sido um pouco melhores. Eu estava até pensando em procurar um estágio no verão — em uma tentativa de salvar o que havia restado da minha vida de formada dois anos depois. Enquanto meus amigos estavam aceitando empregos juniores para começar a subir no mundo corporativo, ou faziam pós-graduação, ou viajavam pelo mundo, eu entrara pelo túnel do tempo e voltara para a infância — sem a parte da brincadeira e só com a das regras. Num momento em que deveria estar desfrutando da independência — *parabéns, formandos* —, dependia dos meus pais mais do que dependera desde os meus cinco anos. Depois das cirurgias, minha mãe me dava comida e às vezes até banho, e meu pai corria atrás do que eu precisava — ia à farmácia, comprava uma almofada para o pescoço, bateria extras, sorvete. Eles me colocavam na cama e às vezes meu pai até lia para mim.

Tanta coisa acontecera naqueles dois anos que eu até havia esquecido de que o nosso fim estava próximo, do meu relacionamento com Tae. Era hora de o universo cobrar a conta.

"Liguei sim", falei. "Foi tudo bem. Eisner disse que agora só vai precisar me ver no mês que vem."

Tae havia me pedido para ligar para ele do hospital, como eu sempre fazia.

"Não tocou."

"O sinal de celular lá é péssimo", falei. "Você sabe disso."

Era verdade, mesmo. Só que Tae também estava certo: eu não tinha ligado. Não queria ser a paciente naquele fim de semana. Queria ter vinte e três anos. Queria ligar e perguntar para o meu namorado se a pizza que a gente ia pedir seria com ou sem cogumelos, e não sobre meu ecocardiograma.

"E o Wi-Fi?", perguntou Tae.

Eu me sentei na cama. Estava me sentindo bem. Vestia calça jeans.

"O que você tem hoje?"

Desde o nosso primeiro beijo — uma semana depois do meu diagnóstico, quando Tae já era uma parte central e intricada da história que se desdobrava —, eu dependera dele. De maneiras óbvias, de maneiras injustas. Tae me abraçara enquanto eu chorava no chão do banheiro, segurara minha mão antes da cirurgia. Dormira em cadeiras de hospital, desviara o rosto em respeito quando cateteres e acessos eram introduzidos. Buscara meus pais, com os olhos vermelhos, às duas da manhã na porta do pronto-socorro. Sempre estivera presente.

Nos dois meses anteriores, no entanto, eu havia começado a me recuperar. Os remédios estavam funcionando. As coisas estavam se estabilizando. Eu estava me sentindo bem ou, pelo menos, tão bem quanto me lembrava de me sentir. Tinha perdido dois anos da minha vida e estava pronta para retornar ao mundo.

Eu sabia que nunca seria normal. Sabia que em algum momento meu coração ia me deixar na mão outra vez. Sabia que haveria momentos de piora, se eu tivesse a sorte de sobreviver a eles. Sabia que seria dependente de alguma coisa pro resto da vida — de um dispositivo, de um hospital, de um exame, de uma máquina. Sabia que não havia saída. Porém queria que aquele lance com meu coração estivesse acontecendo em outro lugar. Não queria mais que me acompanhasse na cama.

"Fiquei preocupado com você", disse Tae. "Não pode fazer isso de não me ligar, caralho."

"Eu estou bem", falei. "Você tem que entender isso. Estou melhorando."

"Você não está melhorando", disse ele, quase gritando. "Não vai melhorar."

Olhei para Tae, incrédula. "Que coisa mais merda de falar pra alguém."

"Não é não. É a verdade."

"Não é mais."

"Seja mais pé no chão, Daphne. A gente sabe disso. Eu sei."

Eu me levantei e me afastei alguns passos dele, de braços cruzados. Sentia a raiva pulsando nas veias. Eu me sentia voraz, arredia. Poderosa.

"Não sou a porra de uma paciente sua. Sou sua namorada", falei.

Tae estreitou os olhos para mim. Um lampejo passou por eles. Pensei de verdade que fosse socar a parede, de tão furioso que pareceu. Então Tae começou a chorar. Eu nunca o tinha visto perder o controle. Nem nas muitas internações, nem na lanchonete, nem depois do horário de visita, nem quando os enfermeiros que deixavam que ele entrasse lhe diziam que era hora de ir embora. Tae levou a mão ao rosto. Estava em pé, na frente da porta do meu quarto de infância, emoldurado pelo sol da tarde.

"Que droga, hein?", ele disse.

Fiquei ali parada, raiva e tristeza me atingindo em ondas de igual tamanho.

"Daphne." A voz dele não estava mais tão intensa quanto antes. "Não sou eu que quero que fique doente. Só que não sei mais como fazer pra isso aqui funcionar. Não sei se dá. Você quer ser livre, mas eu estou aqui, e não consigo não me preocupar. Não sei como agir diferente. Não sei como amar e não me preocupar ao mesmo tempo."

Foi então que eu me lembrei: o bilhete.

Tae, dois anos e dois meses.

Encurtei a distância entre nós. Fiquei na ponta dos pés e abracei Tae, enlaçando seu pescoço. Eu imaginava que havíamos tido muito menos intimidade física do que seria de esperar. Muito menos do que merecíamos.

"Obrigada", falei.

Ele pareceu confuso, mas depois não pareceu mais; não podia estar confuso. Tinha me ajudado como podia. Tinha estado presente naquele desenrolar impossível, segurado as pontas quando tudo dentro dele ruía. *Eu não sei o que faria sem você* é uma frase desgastada demais.

Havia tanto que eu não sabia. Quanto tempo aquela realidade suspensa ia perdurar, se eu ainda tinha o que oferecer ao mundo fora da minha casa. Como eu poderia ficar com alguém que não sabia — ou, talvez ainda pior, com alguém que sabia. Mas eu tinha consciência de que o nosso tempo, meu e de Tae enquanto casal, havia acabado. Aquilo me deixava de coração partido, porém eu estava segura. O que tínhamos em comum era minha doença. E eu via como nos ressentíamos daquela verdade simples, que nos restringia. Eu havia me apaixonado pelo homem que estivera lá quando meu coração parara. Agora ele voltara a bater, ainda que hesitante, e éramos lembranças vivas da pior fase de tudo o que acontecera um com o outro. Seria daquele jeito para sempre.

"Eu te amo", disse Tae.

"Eu também te amo."

◆

Quando voltei a receber bilhetes — seis meses depois —, pareceu uma promessa. Como se alguém do outro lado estivesse me acompanhando, acompanhando tudo o que tinha acontecido, e não tivesse me descartado. Desde então, entendia sempre que via um nome, sempre que via o número em dias, semanas ou meses — que ainda tinha aquele tempo, que agora já me tinha sido prometido. Que eu estaria viva. Que eu ainda viveria.

Tenho um acordo com o universo. Recebo meu tempo em doses, e sei que posso ficar aqui. Pelo momento escrito, ainda vou ter um coração funcionando.

Mas agora...

Agora, não sei mais. O papel em branco deveria significar para sempre, certo? Mas e se significasse que não tenho mais como saber? E se significasse que qualquer coisa pode acontecer, a qualquer momento? Como lidar com um desconhecido tão perigoso?

Vinte e cinco

Adiei tanto quanto possível, porém já é quase março e hoje à noite Hugo, Jake e eu vamos jantar. Hugo vai levar uma acompanhante — uma mulher chamada Claudia com quem ele está saindo há algumas semanas. Em algum momento do outono ele e Natalie deixaram de existir.

Vamos ao Hotel Bel-Air, um dos lugares preferidos de Hugo em Los Angeles. Já avisei a Jake para não brigar quanto a quem vai pagar a conta — Hugo sempre paga; isso não vai mudar. E pedi ao Hugo por telefone para tentar pegar um pouco mais leve. Não exagerar.

"Jake é um cara legal", digo. "E está animado pra te conhecer. Vê se age normal."

A verdade é que Hugo e eu não temos nos visto muito desde o brunch no Toast, mais de cinco meses atrás. Nosso ritual do fim de semana foi interrompido, e ele tem ficado bastante tempo fora. Jake e eu passamos os últimos cinco sábados no meu apartamento, então, aos domingos, começamos a ir juntos à feira. Nunca tem girassóis quando chegamos lá.

Tenho saudade de Hugo. Me pergunto se nossa amizade se baseava no fato de sermos ambos mais ou menos solteiros. Sei que dizem que homens e mulheres só são amigos se um deles estiver em um relacionamento, mas parece que para nós é o contrário. Quando estávamos solteiros, encaixávamos melhor na vida um do outro. Agora que Jake ocupa tanto do meu tempo, onde Hugo se encaixa?

O Hotel Bel-Air fica nas colinas de Los Angeles; é um refúgio arejado e deslumbrante para os ricos e famosos — ou para aqueles que têm o número particular da Denise, a gerente. O proprietário do restaurante é Wolfgang Puck, e é excelente — fica em um pátio aberto nos fundos do hotel, com cabines privativas nas laterais, um bar maravilhoso e paredes brancas cobertas por heras. É um paraíso exclusivo e isolado que, estranhamente, não atrai muitas celebridades. Diferente do Beverly Hills Hotel, nunca se vê paparazzi aqui.

Jake está vestindo jeans escuro e uma blusa de caxemira azul. Sinto como se tocasse uma nuvem quando me aninho nele. Estou vestindo jeans escuro, regata de gola alta e sandálias pretas de tira e de salto que sei que vou ter que tirar antes do fim da noite.

Chegamos antes de Hugo e Claudia. Jake me abraça. Apoio a cabeça nele.

"Está nervoso?", pergunto em seu ombro.

"Por quê?", pergunta ele. "Deveria estar?"

Levanto a cabeça para encará-lo. "Não", digo. "Mas, sabe, eu entenderia se você estivesse."

"Porque Hugo é intimidador?"

"Não, porque ele é importante pra mim."

Jake ergue meu queixo até que nossos lábios estejam frente a frente. Ele me dá um único beijo. "Então não estou nervoso, estou feliz."

Hugo aparece logo em seguida. Está sozinho e meio que trotando. Usa camisa com listras pretas e azuis, cinto preto e calça preta. Assim que o vejo, percebo a saudade que sentia da energia dele.

"Desculpa", diz. "Desculpa, atrasei."

Ele me dá um beijo rápido na bochecha. E aperta a mão de Jake.

"E aí, cara? É muito bom te conhecer."

Jake abre um sorriso; parece genuíno. "É muito bom te conhecer também. Eu estava começando a achar que você não existia."

"Hoje em dia eu quase não existo mesmo", responde Hugo. "Acho que faz uns dois meses que não fico três noites seguidas em Los Angeles."

"A Claudia vem?", pergunto.

Hugo faz um gesto com as mãos, como se diminuindo a importância daquilo, e se aproxima da mesinha da recepcionista. "Ela não vem. Parece que rolou um engano com a minha personalidade. Claudia decidiu que não gosta dela. Oi, Gabrielle." Ele beija a bochecha da recepcionista. "Podemos ir para a seis?"

"Claro."

Gabrielle pega três cardápios e nos leva a uma mesa perto da parede lá do fundo e à direita. Fica escondida — um pequeno oásis. "Aproveitem."

Hugo se senta e eu deixo Jake entrar primeiro, para que fique no meio.

Hugo puxa o colarinho. "Está calor hoje."

Parece um pássaro engaiolado, e não fez contato visual comigo uma única vez.

"Tá tudo bem?"

"Sim." Hugo pega a garrafa de água da mesa e se serve. "É só um daqueles dias."

"Mas está quente mesmo" diz Jake. Ele tira o suéter e me dá uma piscadela. Meu coração palpita. A bondade desse homem, a consideração dele — não por Hugo, mas por mim. Ele quer que a noite corra bem porque eu disse para ele que é importante para mim, então vai fazer de tudo pela diplomacia.

"Então" diz Hugo. "Daph me disse que você trabalha em Hollywood."

Sinto meu estômago se revirar. Em primeiro lugar, porque Hugo me chamou por um apelido — uma tentativa desnecessária de demonstrar proximidade. Em segundo lugar, porque ele fala *Hollywood* como se fosse uma coisa ruim. Até sua escolha de palavras é desdenhosa.

Jake, no entanto, nem pisca. "Isso. É muita sorte. Tenho um trabalho bom e chefes legais. As pessoas com quem trabalho nem são totalmente egocêntricas, na maior parte do tempo."

Hugo dá risada. "Não posso dizer o mesmo."

"Você trabalha com imóveis?"

"Na teoria", diz Hugo. "Na maior parte do tempo tento convencer as pessoas a fazer coisas que elas não querem."

Jake sorri. "Eu não seria muito bom nesse trabalho."

A garçonete aparece. Pedimos bebidas. Tequila soda para Hugo, cerveja pra Jake e uma taça de vinho tinto para mim. Não posso beber muito. Na verdade, não posso beber nada. Pode prejudicar o efeito dos remédios, é inflamatório e, como qualquer vício, pode ser mortal. Só que tem um limite para o número de concessões que estou disposta a fazer nessa vida, e o álcool ficou de fora da lista.

"É lindo aqui", comenta Jake. Dá uma olhada em volta.

"Você nunca veio aqui?"

Jake balança a cabeça.

"É meu santuário", comenta Hugo. "Venho pelo menos uma vez por semana. É caro, mas vale a pena."

Ele está sendo um babaca, mas um babaca nervoso. É uma faceta interessante de Hugo, e não sei se já a vi antes.

Eu percebo, Jake percebe e dá para ver que Hugo percebe também. Que ele quer bancar o difícil, como se estivesse tentando ganhar uma queda de braço invisível. Com o cotovelo na mesa.

Seguro a mão de Jake por debaixo da mesa. Ele a aperta.

"Fiquei sabendo que vão morar juntos", comenta Hugo.

Jake olha para mim. "Na verdade, ela ainda não me respondeu."

Hugo bebe um pouco mais de água. "Não complica as coisas, Daph", diz ele.

"Não estou complicando", digo. "Só indo devagar."

"Boa sorte em tentar fazer Daph se livrar de qualquer coisa dela", fala Hugo.

Jake passa o braço por cima dos meus ombros. "Eu aceito tudo. A gente dá um jeito de caber. Amo as esquisitices dela."

Amo. Eu ainda não disse que amo Jake — na verdade, nunca disse que amava nenhum homem desde Tae. Não porque não sentisse amor — eu o sentia o tempo todo. Senti com Josh em San Francisco, caminhando à noite por Marina Green, fosse amor ou não. Senti com Emil nos quase seis dias inteiros que passei em um loft no centro. Sinto com Jake quando ele coloca pasta na minha escova de dente se acorda mais cedo que eu, ou me passa o controle remoto depois do jantar.

E teve Hugo.

Mas sempre parece que a palavra está intrinsecamente ligada a poder, como se quando eu a dissesse, estivesse cedendo o meu.

Jake disse que me amava há dois meses, no Pink Taco, na Sunset Strip. Meu pedido tinha sido fajitas de frango e Jake estava comendo tacos de peixe. Tinha uma cesta de tortilhas e guacamole entre nós na mesa. Estávamos no pátio, com os carros passando à toda lá fora.

Estava contando do meu dia no trabalho e sobre um detox com carvão que Irina tinha começado a fazer. Pelo que eu entendia, envolvia tomar grandes volumes de carvão dissolvido em água e uma variedade de vitaminas que enchia meia cumbuca.

"Por acaso ela procura profissionais médicos formados antes de fazer essas coisas?", Jake me perguntou.

"Depende de como você define 'profissionais'", falei. "E talvez também do que você considera 'formado'."

"De preferência, uma formação oficial. Tipo a formação que alguém tem pra dirigir um carro."

"Ah. A maioria deles nem tem carro. Por causa da pegada de carbono e tudo o mais."

"Então você tá me dizendo que, de um jeito meio esquisito, ela na verdade é ativista ambiental?"

Servi uma colherada de guacamole no prato. Tortilha tem sal. Eu tinha que controlar. "Estou dizendo que todo mundo tem um lado bom."

Jake baixou seu copo de água com gás. Ficou me encarando do outro lado da mesa por tanto tempo que eu soube o que viria. Senti. Do mesmo jeito que dá para sentir quando vai chover.

"Eu te amo", ele disse. Simples assim. E deixou a frase no ar, pairando sobre a mesa, um turbilhão de palavras cintilantes e impactantes.

Jake continuou sorrindo para mim. Não de um jeito que fazia com que eu achasse que esperava uma resposta. Na verdade, quando meu silêncio se prolongou, ele arreganhou ainda mais o sorriso, como se o mero ato de dizer aquilo fosse uma alegria, como se viesse guardando aquilo dentro de si — aquela fagulha — por mais tempo do que fosse capaz de aguentar.

"Você significa mais para mim do que eu saberia expressar agora", respondi. Porque era verdade. Não que eu não o amasse. Mas havia coisas que eu precisava lhe contar antes de dizer que o amava.

Porque a verdade é que Jake não sabe. Não sabe que estou doente. Só sabe que tenho duas cicatrizes no peito — por causa de uma cirurgia a que me submetera na infância, eu tinha dito, que era o mesmo que havia falado para todos antes dele. Coisa antiga, que não era mais relevante, que não estava mais em atividade. O tempo tinha escondido meu CID, antes visível. Passa despercebida até a cicatriz da cirurgia para substituir a bateria do marca-passo. Meu seio a cobre; nem preciso tocar no assunto. Jake sabe que não corro — digo que odeio atividade física, a não ser para fazer compras. Ele acha que os remédios que tomo escondida — com todo o cuidado e disciplina — são para minha saúde mental. Quando preciso ir ao médico — para fazer exames, às vezes semanalmente —, Irina e meus pais são os únicos que ficam sabendo.

Todas as vezes em que tentei contar a verdade, voltei atrás. *Ele não merece isso.* Depois: *Ele não merece lidar com alguém como eu. Não merece nada que venha comigo.*

Jake já perdeu alguém. Como posso dizer a ele que vai acabar me perdendo também? Finalmente tenho um relacionamento que não foi definido pelo tempo.

"Estou morrendo de fome", digo a Hugo e Jake. "Vamos pedir."

"Eles fazem um linguado grelhado e um filé que não estão no cardápio e são excelentes", responde Hugo. "Você come carne vermelha, Jake?"

Jake dá de ombros. "Não com tanta frequência, mas como sim."

"Estou tentando uma alimentação cetogênica." Hugo dá um tapinha na barriga. "Só que preciso me esforçar mais."

"Alimentação cetogênica?", repete Jake. "Nunca ouvi falar."

Hugo olha para mim, incrédulo. "Tá me zoando?"

Jake olha para mim e depois para Hugo. "Acho que não acompanho muito o mundo das dietas."

A reação de Hugo é visível. As narinas dele se dilatam ligeiramente quando fica puto. "Não é dieta para emagrecer."

Jake não dá muita importância a isso. "Não foi o que eu quis... olha, eu meio que como de tudo."

Hugo volta a olhar para o cardápio. "Sorte a sua."

Sinto a tensão no ar. Pego meu copo de água. "O que vocês acham de queijo?", pergunto.

"Sou totalmente a favor", diz Jake.

"Claro", fala Hugo. "Podem pedir. O que quiserem."

Um casal passa. Ela usa vestido curto, casaquinho e botas pretas. Vejo Jake tirar um caderninho do bolso de trás e fazer uma anotação.

Alterno o olhar entre ele e o casal.

"O que foi isso?", pergunta Hugo. "Você escreve poesia no tempo livre?"

Jake balança a cabeça. "Não, é coisa minha."

"As botas!", exclamo. O pessoal da mesa ao lado se vira na nossa direção e eu baixo a voz. "Sempre que Jake vê alguém usando Doc Martens precisa anotar. É uma superstição." Olho para o Jake. "Né?"

"Mais ou menos isso."

Hugo volta a olhar para o cardápio. "Ah." Ele se vira na minha direção. "Vai pedir o macarrão com molho vermelho que não está no cardápio ou vai finalmente experimentar algo diferente?"

Nem olho para ele. "Ainda não decidi."

Hugo se vira na direção de Jake. "Não acredita nela, cara. Daph sempre pede a mesma coisa." Ele volta a olhar para mim. "É fofo."

Percebo que Jake se incomoda um pouco e me preparo para o que pode acontecer. Fico esperando que ele retruque, porque estaria totalmente em seu direito. No entanto, tudo o que diz é: "Adoro mulheres decididas. Vou pedir esse também. Macarrão é sempre bom".

Quero agarrá-lo e dar um beijo nele ali mesmo, na mesa.

◆

Como previsto, Hugo insiste em pagar. Jake tenta discutir, mas logo desiste. Saímos todos juntos do restaurante, passando pela ponte sobre o lago que conduz até o estacionamento.

Quando Jake vai entregar os canhotos ao manobrista, puxo Hugo de lado.

"Você foi tão arrogante...", digo.

"Fui eu mesmo." Ele tira uma nota de vinte da carteira. "Ele é legal."

"Só isso?"

Hugo olha de novo para mim. "É um cara confiável. Gostei dele. Parece ótimo para você."

Jake aparece de novo. Enlaça minha cintura, e depois nos despedimos com abraços — uma despedida calorosa. Jake promete passar a Hugo o contato da loja de carros raros que eles usaram em uma produção de época no ano passado. Hugo dá um tapinha nas costas dele.

"Foi ótimo conhecer você, cara", diz ele. "Tenho certeza de que a gente ainda vai se ver muito."

Depois que entramos no carro, Jake leva a mão ao meu joelho. "Que cara legal."

"Ele foi um babaca."

"É", concorda Jake. "Foi mesmo. Mas ele é um cara animado. Deve ser divertido."

Balanço a cabeça. "Você consegue encontrar o lado bom de qualquer pessoa."

Jake parece pensar por um momento. "Tenho pena dele, Daphne." Outra pausa. "Não é culpa do cara se ele ainda é apaixonado por você."

Vinte e seis

Fazia dois meses e três semanas que Hugo e eu estávamos saindo quanto tive que ir para o hospital. Eu vinha contando os dias, até as horas. Via a marca dos três meses piscando, tal qual uma caveira ilustrando um aviso de penhasco. PERIGO. Não sabia como recuar. Não sabia como impedir nossa queda livre.

Estava apaixonada por ele. Era a mais pura verdade. Tudo no nosso relacionamento parecia grandioso, épico, inebriante. Eu adorava a maneira como o cérebro de Hugo funcionava. Como ele estava sempre tentando bancar o advogado do diabo — vendo e valorizando todos os lados de uma questão para além do dele. E eu adorava a teimosia, a obstinação que demonstrava. A confiança dele às vezes parecia um trator, porém outras vezes parecia mais o alicerce de uma casa — como se eu estivesse ligada a algo que de modo algum cederia ou quebraria. A personalidade dele me fazia sentir segura, e estar com ele era como estar dentro do sol — os raios dele não me machucavam, e tudo o que eu sentia era o calor da proximidade.

Eu não queria que terminasse.

Quando a sensação aterrorizante começou, eu estava na casa de Irina. Ela ligou para a emergência na mesma hora.

"Ela tem um problema no coração", disse Irina aos socorristas.

Logo que comecei a trabalhar para ela, Irina descobriu da minha doença. Ela tem razão quando diz que é impossível esconder qualquer coisa dela. Sou muito grata pela discrição com que tratou o assunto ao longo dos anos. Nunca fez com que eu me sentisse incapaz e sempre cuidou de mim.

Me levaram correndo para o pronto-socorro. Eu conhecia muito bem aquele processo. O estranho é que em todos os anos em que estive doente, em todas as internações, em todas as cirurgias e os procedimentos assustadores, nunca achei que fosse morrer. O que era tolice — eu deveria ter achado. Todo mundo achava. Além disso, eu sabia, racionalmente, que a morte chegaria, que talvez já estivesse chegando. Mas nunca sentia que seria daquela vez. Nunca acreditava na minha mortalidade real e tangível. Pelo menos até aquele momento.

Vou morrer, pensei. *É assim que meu relacionamento com Hugo vai acabar.*

Parecia tão óbvio. Não sabia como não tinha pensado naquilo antes. Estávamos tão envolvidos. Claro que aquilo aconteceria. Óbvio.

No fim das contas, o que tive foi uma estenose arterial. O que significa que minhas artérias estavam estreitas demais para bombear sangue como deveriam.

"Isso é contornável, Daphne", disse o dr. Frank, uma frase que eu havia ouvido poucas vezes, se é que alguma. "Mas, com seu histórico, é um pouco mais arriscado do que gostaríamos. E não estou gostando do que isso pode significar pra gente."

Aquilo significava que tinha alguma outra coisa acontecendo. Que por dentro eu não estava tão bem assim, por mais que por fora parecesse.

"Podemos colocar um stent", prosseguiu ele. "Dá para fazer isso pela virilha, então não seria necessária uma cirurgia de peito aberto. No geral, é um procedimento simples, mas no seu caso é um pouco menos simples." O dr. Frank assentiu para mim. Era direto, e eu gostava daquilo. Não me tratava como se eu fosse uma criança. "Os pacientes costumam sair no mesmo dia, mas você vai precisar ficar internada. É melhor sermos rápidos. Você tem se sentido mais cansada ultimamente? Inchada?"

Pensei a respeito. Ultimamente eu andava me sentindo como se estivesse presa em areia movediça, mesmo. Só que eu me sentia daquele jeito com certa frequência. Tinha dificuldade de identificar o que era me sentir bem. Fazia tempo demais — quase uma década — que meu estado de saúde estava longe do ideal.

"Não sei", falei. "Talvez."

O dr. Fran grunhiu.

"É muito ruim?", perguntei.

"Digo aos pacientes com stent que a chance de morrer é de menos de 1%." Ele respirou fundo. "No seu caso", e fez uma pausa, "é diferente."

Sei que sou a paciente, mas às vezes me esqueço disso quando estou no hospital. Todo mundo esquece. Somos uma equipe, tomamos decisões, analisamos dados, coletamos informações. Faço parte da equipe. Meu coração é um quadro-branco, com listas e laudos rabiscados. Às vezes esqueço que está dentro do meu corpo.

Meus pais foram até o hospital. Deixaram Murphy em um hotelzinho, para termos uma coisa a menos com que nos preocupar. Marcamos o procedimento para o dia seguinte.

Fui atendida por uma equipe de médicos — cardiologistas, pneumologistas e uma psicóloga. Todo mundo ali tinha um papel. A equipe concordou com o dr. Frank no sentido de que era preciso agir rápido.

A dra. Lisa, a pneumologista, gostava de se referir ao meu coração como um ecossistema. É como se tivesse plantas, frutas, pássaros e árvores próprios. Como se dentro dele fosse necessário chover para manter todo tipo de criaturinhas hidratadas e alimentadas. Só que, no caso, *não* estava chovendo. O problema era esse. Meus pais tinham descido para pegar café depois que a linha de ação já fora determinada, e eu peguei o celular. Tinha quatro ligações perdidas de Hugo, uma mensagem de voz e uma enxurrada de mensagens de texto começando com Quer almoçar? e terminando com Daphne, estou muito preocupado. Me liga.

Liguei para ele.

"Daph", atendeu ele. "Você tá bem? Onde você está?"

Engoli em seco. "No hospital", respondi. Senti as lágrimas se formando. Fechei os olhos com força. Queria contar a verdade a ele. Queria muito. Porém estava assustada. Morria de medo de que aquela fosse nossa última ligação, e depois o que aconteceria? "Meu pai precisa fazer alguns exames."

"Jesus, Daph. Você tá no Cedars? Tô indo pro carro."

"Não", falei. "Você não pode vir. Ele não quer ninguém aqui."

Senti uma pontada aguda. Procurei me controlar.

"Não é por causa dele que quero ir", disse Hugo. "É por sua causa."

Mexi o braço e senti uma agulha na minha veia. Queria fugir daquele leito hospitalar, sair correndo. O mais rápido e o mais longe possível, antes de... do quê? Do meu coração parar? Pelo menos estaria em movimento.

Então pensei em como seria estar nos braços de Hugo nesse exato momento. Em como seria vê-lo se sentar no leito hospitalar e me abraçar. Em pressionar meu rosto contra o calor de seu peito e me esquecer de quem eu era, do corpo que eu tinha, do fato de que podia partir em breve. Era uma sensação quase física — o desejo de que Hugo estivesse comigo. Eu queria dizer a ele para vir.

Rápido. Preciso de você.

Mas não podia. Hugo não sabia. Eu nunca havia lhe contado sobre aquela peça gigantesca do meu quebra-cabeça. E apresentá-lo àquilo — a todas as complicações que aquilo implicava, *agora* — não parecia possível. Nosso tempo já estava quase no fim, mesmo.

"Te ligo depois", falei. "Não vem, por favor. Estamos bem."

"Daphne."

Fez-se um longo silêncio. Eu não podia falar, ou sabia que ia chorar.

"Você me avisa se qualquer coisa acontecer?"

Minha voz entalou na garganta. Eu a forcei a sair sem falhar. "Claro."

Da primeira vez que fui para o hospital, quando descobrimos que havia algo de errado, meus pais se reuniam com a equipe médica a sós. Nessas reuniões prévias, eles discutiam a linha de ação e depois a apresentavam a mim juntos. Ainda me lembro do sorrisinho tenso da minha mãe.

Porém também me lembro do dia seguinte à minha entrada. Eu me levantara para usar o banheiro e vira que a porta do quarto estava entreaberta. Meu pai não estava ali, mas minha mãe estava em pé no corredor com o dr. Frank. Ainda não o conhecíamos de verdade, ele era só um homem seco e de cavanhaque.

"E quanto a medicamentos mais recentes?", minha mãe estava perguntando. "Que estejam em fase de teste. Você não tem ideia de como o sistema imunológico dela é bom. Daphne nunca fica doente. Não pega nem resfriado!"

"A cada ano surgem mais e mais. Eles com certeza têm seu papel."

"Se tem algo errado, não dá pra consertar? Mesmo que ela tenha que passar por cirurgia, a gente tenta conseguir uma fisioterapeuta excelente. Não consigo entender, sabe? Ela é tão saudável..."

Ouvi o desespero em sua voz, a súplica. Dava para ouvir que ela apalpava a parede, tentando encontrar a maçaneta. Devia ser algum engano. Aquilo não podia estar acontecendo com a filha dela. Minha mãe queria uma saída, uma resposta. Queria que aquilo desaparecesse imediatamente e que tudo voltasse ao normal. Que eu voltasse a ser saudável.

Ouvi quando o dr. Frank foi embora e minha mãe começou a hiperventilar, ainda à porta. Os soluços curtos e vazios que soltava. Foi como uma facada na barriga. Eu estava provocando aquilo nela. Estava causando aquela dor, aquele sofrimento. Era impossível. Não parecia certo. Quando voltou para o quarto, minha mãe estava sorrindo, porém suas mãos tremiam. Eu nunca me esqueceria do movimento que faziam, de como pareciam beija-flores.

Não há nada de mais assustador que estar em um leito de hospital sabendo que sua mãe não tem como dar um jeito na situação. Que ela não tem como resolver as coisas. Que não adianta tentar insistir com os médicos, não há nada que eles possam fazer — por nenhuma de vocês duas.

Agora, eu ouvia Hugo respirando do outro lado da linha — estático, à espera. Desliguei.

No dia seguinte, fui para a cirurgia. Minha mãe deu um beijo na minha testa. Cheirava a lavanda e repolho, como sempre.

"A gente se vê daqui a pouco", falou ela. Seus olhos estavam vidrados, porém a expressão era determinada. Tinha prática naquilo.

"A gente ama você", disse meu pai.

"Quero comer cookies à noite", falei.

Meu pai apertou minha mão. "Pode deixar."

Inseriram o stent, que viajou desde a minha virilha, passando pelas veias do meu corpo, até o meu coração, e aí o abriram — pop — no ângulo perfeito. Correu tudo sem problemas. Acordei grogue, mas, fora isso, bem. Pelo rosto da minha mãe, eu sabia que tudo havia corrido bem. Nem precisei ouvir o que ela dizia.

"Você conseguiu", falou minha mãe. "Ótimo trabalho, filha. Deu tudo certo."

Passei mais uma noite no hospital em observação e fui para casa no dia seguinte, antes do esperado.

Fui deixada, como muitas vezes antes, aos cuidados dos meus pais. Fiquei no quarto de hóspedes da casa em Palisades. Um quarto que deveria ter sido transformado em academia ou escritório, mas que tinha uma cama queen, porque era necessária. Comi canja com pouco sal e os cookies com manteiga de amendoim e gotas de chocolate do meu pai, e assisti O diabo veste Prada. Meus pais reassumiram o papel de me medicar, medir minha temperatura e fazer toda a comunicação necessária — trocando mensagens com a equipe médica sempre que algo de diferente acontecia. Meus pais já eram profissionais. Tinham doutorado em cuidado.

Eu tinha avisado a Hugo que meu pai saíra do hospital — o que tecnicamente não era mentira. E que eu ia passar uns dois ou três dias na casa deles. Ele ligou, mas não atendi. Não queria falar com Hugo até que soubesse o que dizer, até que não precisasse ter que mentir mais do que já havia mentido. Até que descobrisse como ia conseguir continuar escondendo aquilo dele.

Comecei a me sentir melhor bem rápido. Estava acostumada com cirurgias, acostumada com meu corpo sendo costurado, tratado como uma marionete, com peças e substâncias estranhas se locomovendo pelas minhas veias. Eu não sabia se o que eu tinha era muita força de vontade, pouca base de comparação ou se era uma questão de idade, mas logo voltei ao normal. No dia seguinte, estava de pé e indo de um lado para o outro, me servindo de suco de laranja e controlando a tevê.

Meu pai saiu logo cedo para correr — pela primeira vez na semana. Tinha passado a noite me vigiando na sala de estar, atento a qualquer necessidade que eu pudesse ter. E minha mãe estava no jardim. Dava para ver que os dois estavam tentando me dar espaço sem se afastar de fato.

A casa estava vazia quando ele apareceu. Ouvi a batida e pensei que pudesse ser Joan vindo entregar mais uma fornada de muffins.

"Hugo."

"Oi." Ele vestia jeans e polo branca. Estava com o cabelo despenteado e sem nenhum produto finalizador, caindo em tufos.

"O que está fazendo aqui?"

"Você não me atendeu nenhuma das vezes que liguei", disse ele. "Eu estava morrendo de preocupação."

Só então notei que ele segurava um vaso enorme — com rosas brancas, lilases e folhagens.

Eu estava de calça e blusa de moletom. Era janeiro em Los Angeles — e apesar do sol, fazia frio.

"Estamos bem. Você não precisava ter vindo."

"Você não estava me respondendo." Ele se inclinou na minha direção. Parecia não ter dormido. "Queria dizer que pode contar comigo."

Hugo me ofereceu o arranjo, mas eu não podia pegá-lo: era um vaso grosso de cerâmica. Devia pesar uns quinze quilos.

"São lindas", falei, balançando a cabeça.

"Daph", disse Hugo. "Como ele está?"

Bem naquela hora, meu pai começou a subir os degraus trotando, chegando da corrida, o boné todo suado.

"Ei!", disse ele. "Hugo! Que surpresa boa."

Hugo alternou o olhar entre mim e meu pai. Vi a confusão em seus olhos enquanto ele tentava entender o que via.

"Quer entrar?" Meu pai subiu mais alguns degraus e apoiou a mão no ombro de Hugo.

Hugo balançou a cabeça. "Que bom ver você, sr. Bell. Deve estar se sentindo melhor."

Meu pai inclinou a cabeça para Hugo, depois se virou na minha direção. Assentiu uma única vez, devagar. Compreendeu tudo. Não era a primeira vez que acontecia.

"Bom", disse meu pai. "Vou entrar. Quer que eu leve isso lá pra dentro?" Ele não esperou pela resposta: arrancou o vaso dos braços de Hugo e se afastou.

Quando meu pai passou pela porta, Hugo olhou para mim. Não disse nada, só ficou me olhando. Estava tudo claro em seu rosto — a confusão, a perplexidade, a dor por causa da mentira.

Senti uma fúria tomar conta de mim. Um sentimento de injustiça por toda aquela situação. Uma raiva do meu pai por conseguir correr, por subir os degraus trotando com tamanha facilidade. Um fogo se acendendo por Hugo ter aparecido aqui do nada e pensado que a situação era assim tão simples. Que qualquer sentimento superficial que ele estivesse tendo importava, que *devia* importar. Que tudo o que ele precisava fazer era me ajudar a superar aquela breve dificuldade para que pudéssemos sair para um brunch.

Todo mundo tinha um corpo funcional. Todo mundo menos eu.

"Vai me contar o que está acontecendo?", perguntou Hugo. Não parecia bravo, não exatamente. Parecia comedido. Pra ser sincera, parecia assustado. Agora sabia que eu tinha mentido, e sabia que não podia ser por coisa pequena. Eu não queria contar pra ele. Não queria contar pra ninguém. Chegara aos vinte e oito anos sem revelar meu diagnóstico a ninguém com quem já tivesse saído. Escondera minha doença em cantos escuros, explicara minhas cicatrizes como relíquias antigas, fingira que não gostava de atividade física. Mas não dava mais. Eu tinha sido pega. E não sabia como sair daquela situação, ou melhor: não tinha força o bastante para sair dela.

"Sim", falei. "Só preciso de uns minutinhos. Pode me encontrar no meu apartamento hoje à noite?"

"Não", disse Hugo. Não demonstrava raiva, grosseria ou mesmo impaciência. "Quero saber o que está acontecendo agora."

Eu me sentei nos degraus de pedra. De repente, ficar de pé parecia difícil demais. Como se a gravidade me puxasse para baixo, na direção do centro da Terra — com o corpo dobrado ao meio, como deveria ser. "Estou doente", falei.

Os olhos de Hugo se abrandaram, porém ele não disse nada, não de imediato, mas depois: "E imagino que não seja uma gripezinha".

Dei risada. Não queria. Saiu como uma lufada de ar pelo meu nariz. "Não", respondi. "Não é uma gripezinha. Tenho um problema no coração."

Eu contara a verdade a pouquíssimas pessoas, porém havia dito aquelas palavras com bastante frequência. A novos médicos, enfermeiros tirando sangue, professores, administradores e até a um entregador, por causa de uma caixa particularmente pesada da Amazon. No entanto, nunca havia dito a alguém que poderia amar.

"Daphne" exclamou ele. "Tipo, desde pequena? Que tipo de problema no coração?"

"Tive uma parada cardíaca do nada quando tinha vinte anos. Do tipo que as pessoas não sobrevivem."

"Nossa."

"Passei dois anos entrando e saindo do hospital. Tenho uma cardiopatia congênita, o que significa que é de nascença, mas eu nem sabia. Meu coração não funciona muito bem.

Hugo apontou para o meu peito. "A cicatriz", disse ele. Assenti.

"Acabaram de colocar um stent", falei. "Por isso eu estava no hospital. Não tenho ideia de como vai ser o futuro, Hugo, mas nos últimos oito anos ele não me pareceu muito bom."

Hugo olhou para mim. Não exatamente horrorizado, mas perplexo. Como se eu fosse uma desconhecida. Como se estivesse tentando se lembrar do meu nome completo. Senti minhas mãos de repente frias e formigando.

"Por que não me contou?"

Balancei a cabeça. "Eu não fazia ideia de como te dizer o que acabei de dizer."

Hugo assentiu. "Sinto muito", soltou ele. "Que merda, Daphne." Ele pareceu inquieto. Olhou para mim e depois para a porta.

Senti que a vontade de Hugo era de sair correndo. A sugestão desse movimento, o desejo de se livrar da situação, partiu a porra do meu coração.

"Não sei o que dizer."

O todo-poderoso Hugo estava sem palavras porque não conseguia lidar com o que eu tinha acabado de dizer. Claro que não. Era coisa demais para os outros; e esse era o motivo pelo qual eu não contava a ninguém.

Três meses.

Senti uma palpitação, a emoção passando do meu coração de merda para a minha garganta.

"Acho que a gente precisa terminar", falei.

Os olhos de Hugo dispararam até os meus. "De jeito nenhum", ele disse. "Por acaso foi isso que eu falei? Não é o que eu quero. Só estou tentando absorver tudo..."

"Tá tudo bem", respondi. "É melhor você ir embora."

"Para, Daphne. Vamos conversar. Você despejou um monte de informação em mim. Quero conversar sobre isso. Quero entender."

"Hugo", falei. "Não tem nada pra gente conversar."

Ele insistiu e brigou comigo. Disse que só precisava de tempo, que tinha que descobrir como me apoiar, como me acompanhar. No entanto, por mais que eu tivesse medo de perdê-lo, a ideia de que Hugo fosse ficar comigo por pena era impensável. Eu não suportaria ficar com o cara sabendo que ele tinha entrado nessa pensando que estava saindo com alguém saudável, mas a pessoa com quem ele estava era eu.

"Por que está fazendo isso?", perguntou Hugo. "A gente tá junto há tão pouco tempo."

"Porque nosso tempo acabou", falei. Fiz menção de me levantar, porém Hugo se aproximou.

"Acabou nada", retrucou. "Quem foi que disse?"

Não sei o que me levou a fazer o que fiz a seguir. Não sei se porque estava devastada, ou delirando, ou se foi efeito dos remédios, mas contei tudo a ele. Aquilo que eu nunca havia contado a mais ninguém. Nem para os meus pais, nem para Kendra, nem para Irina ou para o entregador. Contei para o Hugo sobre os bilhetes.

"Recebo bilhetes me dizendo exatamente quanto tempo vou passar com um homem, e o nosso dizia três meses. Completamos três meses hoje."

Ele ficou em silêncio por um momento. Achei que fosse me chamar de louca, ou pior, que fosse fazer piada com a minha cara. *Posso ver? A letra é de quem?* No entanto, pela primeira vez desde que havia chegado, ele se sentou no degrau de pedra ao meu lado. Encostou a mão na testa e a manteve ali.

"Nossa", disse Hugo.

Senti uma tensão no peito, no fundo do músculo. Meu coração não costuma doer. A doença se revelava de outras maneiras. No tom azul das mãos e dos lábios, no fôlego curto, nas pernas inchadas, na confusão mental. E até mesmo no peito. Porém o coração, o órgão em si, raramente doía. Raramente era sentido.

"Eu queria ter descoberto isso antes", disse ele.

"O quê?"

"Que nossa relação tinha prazo pra você."

Engoli em seco. Tive vontade de chorar, mas pensei que, se começasse, não ia mais parar.

"Não", falei. "Acredita em mim. É melhor não saber."

Hugo sorriu para mim, mas era um sorriso triste e cansado. "Você fala como se isso já tivesse acontecido com você."

Vinte e sete

Digo a Jake que vou me mudar para a casa dele na semana seguinte. Meu contrato de aluguel acaba no fim do mês. De repente minha vida se resume a comparar orçamentos de empresas de mudança e a reavaliar tudo o que tem no meu armário em uma tentativa de chegar à conclusão de quantos moletons de capuz e bolsas transversais uma mulher pode ter.

"Liberei metade do guarda-roupa pra você", diz Jake, quando chego em seu apartamento no sábado à noite. Está me servindo uma taça de espumante enquanto esperamos a pizza do Mozza. Estou encolhida no sofá, devorando a última fornada de cookies da sra. Madden.

"Provavelmente vou precisar de uns dois terços", digo. "Vou deixar bastante coisa num depósito, mas tenho um número inacreditável de sapatos."

Jake ri.

"Gosto dos seus sapatos. Vem cá. Quero te mostrar uma coisa."

Ele estende a mão para mim e me puxa do sofá.

"Eu estava confortável", digo, já me levantando.

"Vai valer a pena, eu juro."

Jake me leva até o segundo quarto. Quando vejo o que fez, perco a fala. Antes, tinha um sofá e alguns aparelhos de ginástica ali, além de uma tevê sobre um rack encostado na parede. Mas tudo aquilo sumiu. Agora o lugar tem estantes planejadas, uma mesa de mármore maravilhosa e uma cadeira de escritório dourada e creme da CB2. Fora a namoradeira de veludo castanho-avermelhado substituindo o antigo sofá, que era mesmo grande demais para o espaço.

"Queria que você tivesse um lugar só pra você", diz ele. "Sei que valoriza seu espaço, e queria que fosse assim aqui também. Não é porque vamos morar juntos que você vai deixar de ser quem é."

Não sei nem o que dizer. Ele redecorou o cômodo só para mim. O gesto me deixa impactada, com aquele homem maravilhoso a minha frente.

"Jake", digo. "Isso é incrível."

Ele pega minha mão e me leva até a namoradeira. Acaricia meus dedos.

"Quero que saiba que, pra mim, isso é sério. Não de um jeito assustador, só... quero muito ficar com você. E assumir todo tipo de compromisso que alguém está disposto a assumir com outra pessoa."

Olho na direção dele. "Tá me pedindo em casamento?"

Jake fica em silêncio por um instante. "Não", responde. "Mas espero pedir, um dia."

Engulo em seco. É tudo o que quero ouvir, claro. É tudo o que qualquer namorada ia querer ouvir. Ele é generoso e bonzinho, e transformou seu covil antisséptico em um quarto só meu.

"Se estiver se sentindo insegura por qualquer motivo, pode me dizer", fala ele. "Na verdade, este seria o momento certo pra falar"

"Como assim?"

Jake olha para mim. Desce a mão pelo meu ombro até chegar ao pulso e a mantém ali. "Às vezes sinto que você tem outra vida sobre a qual não sei nada. Quando você não está aqui, você... sinto como se estive pairando no ar. Quero que me permita entrar em todos os aspectos da sua vida. Inteirinha. Sei que parece a fala de um filme ruim. Acabei de perceber. Nossa, foi mal, quando fica constrangedor assim dá pra perceber... bom, o que estou tentando dizer é: quero que seja honesta comigo. Pode mandar ver, eu aguento."

Respiro fundo. Então me preparo para dizer a ele aquilo que venho evitando há tanto tempo. Aquilo que disse a um único outro homem, muito tempo atrás.

"Eu te amo." Olho em seus olhos e vejo a faísca ali, o alívio e a alegria que minhas palavras provocam. Então repito: "Eu te amo, Jake".

Ele sorri. Segura meu rosto entre as mãos. "Gostei de ouvir isso", responde Jake. "Você não faz ideia do quanto."

Vinte e oito

"Tenho que contar a ele."

Hugo e eu estamos sentados no Verve Coffee, em Melrose, com a coleira de Murph presa à minha cadeira. É um café chique que em Nova York seria do tamanho de um selo postal e aqui ocupa meio quarteirão. Estamos numa mesa ao ar livre, no deque. Estou tomando um chá gelado especial — de um sabor que recebeu o nome de Huckleberry — e Hugo está tomando um espresso gelado.

"É", ele diz. "Você deveria mesmo contar, não acha?"

Assinto.

Abandonamos o hábito de ir à feira aos domingos e, em vez disso, saímos para tomar café. Já está tarde para ele, bem depois das dez. Faz meses que não nos encontramos a sós, e a sensação de sua companhia é boa. Hugo continua fazendo com que eu me sinta confiante como sempre fez, e no momento preciso disso.

"O que está te deixando insegura?", pergunta ele. "Você já disse ao cara que aceita morar com ele. Jake não fez um quarto só pra você?"

"É um escritório."

"Tanto faz."

Tomo um gole do chá gelado. Estou vestindo camiseta branca, short jeans e sandálias, e mesmo assim sinto calor.

Está fazendo vinte e seis graus no meio de março. O sol brilha. Pessoas andam para todo lado com as pernas de fora e sorrisos escancarados no rosto, como se fosse verão.

Hugo está de short e camiseta cinza. Um boné de beisebol esconde sua testa. Ele bate o pé debaixo da mesa.

"O que está me deixando insegura?", repito.

Olho para Hugo e ergo as sobrancelhas. Ele demora um segundo para entender e depois balança a cabeça. "Ah, não", responde. "Isso não é justo."

"Foi a única vez que contei essa história para alguém."

"Tá, tudo bem. Mas você acha que reagi de um jeito babaca? Porque não é assim que eu lembro."

"A gente terminou."

"Qual é, Daphne? *Você* terminou comigo." Hugo deixa o café de lado. "Tá certo, eu fui mesmo pego de surpresa. Você escondeu coisas de mim e eu acabei perdendo o chão. Senti que não te conhecia; minha cabeça ficou toda fodida por um tempo."

"O que te assustou não foi o fato de eu guardar segredos. Foi o segredo em si."

Hugo me encara com franqueza. "Tudo me assustou. Seu coração, sua capacidade de esconder as coisas de mim, o fato de que claramente não confiava em mim." Ele suspira. "Mas, se quiser um cara que não vai ter medo, ele tá aí. Estamos falando como se não soubéssemos qual vai ser a reação de Jake. Ela é óbvia, Daph."

Seguro o copo gelado firme nas mãos. "E qual vai ser a reação dele?"

"Jake é o tipo de cara que não vai ter medo. Não vai estragar tudo. Não vai dizer nada errado, não vai fugir, não vai ser um babaca. Ele te ama. Vai te olhar bem nos olhos e dizer que vocês estão juntos nessa."

Limpo o suor do copo de bebida que acumulou no meu mindinho. "Como pode ter tanta certeza assim? O que eu tenho pra contar é grave. Ele já perdeu a esposa..."

"Eu vi o jeito como o cara te olha", Hugo me corta. "E ele é assim. Você sabe disso e eu sei disso. É como se ele fosse uma rede de segurança."

"Ele não é uma rede de segurança", digo.

"Não de um jeito ruim, Daph. Só estou dizendo que você pode contar com ele."

Penso em Jake na namoradeira me pedindo para contar tudo, para abrir o coração.

"Acho que você tem razão."

"Sei que tenho."

Hugo toma o restante do café, depois apoia a xícara na mesa com um pouco de força. "Então conta logo tudo pra ele e vai aproveitar o seu 'felizes para sempre'."

"Como se fosse simples assim?"

Hugo dá de ombros. "Por que não é?"

Passo os dentes pelo lábio inferior. "Talvez o meu 'felizes para sempre' dure só alguns anos. Ou só alguns meses."

Hugo cruza os braços. Quando olha para mim, não olha para absolutamente mais nada além de mim. "Você tem que parar de acreditar no pior de todo mundo. Porra, Daphne. Você tem que parar de acreditar no pior de si mesma."

Sinto minha garganta se fechar, meus olhos arderem. "Será que eu sou uma pessoa horrível? Sério, Hugo, você acha que vou pro inferno por isso?"

Sei o que espero que ele diga. Que é claro que vou para o inferno, mas quem se importa, porque ele vai estar lá comigo. No entanto, Hugo só balança a cabeça e depois fecha os olhos, sorrindo.

Quando os abre, inclina-se para a frente, na minha direção. Nossos bancos são baixos, e a mesa é redonda e pequena. Sinto o joelho dele bater na minha canela.

"Não." A voz de Hugo é calma e firme. "Você não é uma pessoa horrível. Você merece ser feliz, Daphne. Precisa se permitir ser feliz."

Hugo continua olhando para mim com uma sinceridade que nunca vi nele.

"É isso mesmo que você quer?", pergunto. As palavras só saem antes que eu consiga impedi-las. Elas me surpreendem. Mas não parecem surpreender Hugo.

Ele solta o ar. "Sinceramente, Daph", fala ele. "Isso não tem nada a ver comigo. Se estiver procurando uma desculpa para fugir, não vai encontrar aqui. Não vou te dar isso."

Pisco algumas vezes. "Quando foi que você amadureceu assim?", pergunto.

Ele se recosta no assento. Pega o café. "Acho que muita coisa pode acontecer ao longo de cinco anos."

Vinte e nove

Jake reage exatamente da maneira que Hugo disse que reagiria. Com empatia, compreensão e apoio. Ele me faz chá, acaricia minha mão e diz que não está com medo. Claro que não. É o Jake.

"Só não entendi por que não me contou antes", fala ele.

"Nunca contei pra ninguém", explico.

Jake fica em silêncio por um momento. "Nem pro Hugo?"

"Ele descobriu quando tive uma piora."

Jake deixa aquela questão de lado. Não é importante. "Sinto muito por você ter que passar por isso", diz ele. "Mas também quero que saiba que te amo exatamente do jeito que você é."

"Tudo bem se você tiver perguntas."

"Eu tenho, mas as respostas não vão mudar nada."

Ele quer saber dos detalhes. Quer saber de todo o meu histórico e dos exames que já fiz. Quer ir às consultas a partir de agora. *Estamos juntos nessa.*

"Você não está sozinha", diz Jake. Mais de uma vez.

Encaixoto tudo no meu apartamento na Gardner Street — cada detalhezinho confuso de quase uma década de vida. Vasos antigos, pratos e pilhas de discos. Levo tudo embora, e um pouco vai para a casa dos meus pais, mas a maioria vai para um depósito em Hollywood.

"Tem certeza de que não quer levar a estante?", pergunta minha mãe.

Jake a carrega até a sala de estar deles.

"Não tem espaço, mãe."

"É linda, mas infelizmente não temos mais espaço." Jake levanta uma ponta da camiseta para enxugar o rosto.

"Vou pegar água!", diz minha mãe.

Ela sai correndo da sala, e eu a sigo. Jake vai pegar outra caixa no carro.

"É bastante coisa", comenta minha mãe, olhando para Jake pela janela. "Tem certeza de que não vai se arrepender de não levar?"

"Eu nem deveria ter tanta coisa", digo. "Nem no meu apartamento antigo tinha espaço."

Ela enlaça minha cintura. "Adoro suas coisas. Representam quem você é."

Vejo Jake pegar um abajur antigo cuja base é uma dançarina havaiana. Minha mãe também vê.

"Bom, talvez nem todas."

Ela me serve um copo de água e enche outro para Jake. "Aqui, leve pra ele."

"Obrigada, mamãe."

Ela sorri. "Você não me chama assim há muito tempo."

"Eu sei."

Minha mãe segura meu rosto entre as mãos. Os dedos dela estão frios por causa da água. "Estou gostando de ver", ela diz.

"De me ver?"

"De ver você tranquila. Feliz. E isso é tudo o que importa pra mim."

"Ele é um cara legal", digo.

Minha mãe faz sinal para que eu saia da cozinha; Jake está à porta, passando apuro com uma mesa de cabeceira.

"Você também é bem legal", comenta ela.

Eu me mudo para Wilshire Corridor na última semana de março. A sra. Madden faz biscoitos e carne assada para comemorar minha chegada.

"A Brigada do Assado do Viúvo entrou em ação", fala Jake. "E você nem precisou morrer."

Ele arregala os olhos para mim e ambos rolamos de rir até doer a barriga. Jake precisa até se segurar na parede.

Foi fácil contar para a Kendra, também. Quer dizer, mais fácil que antes. Minha voz falhou e não consegui fazer contato visual, mas não foi tão difícil quanto pensei que seria. As pessoas querem me apoiar.

Guardo minha louça desparelhada na cozinha de Jake e minhas toalhas gigantes no banheiro. Murphy reivindica um lugar perto da janela, onde mais bate sol.

Jake me observa enquanto espalho minhas bugigangas — um cinzeiro de uma viagem que fiz a Portland, uma porcelana chinesa antiga que comprei no 1stDibs — na mesa de centro, sobre a lareira, em todas as superfícies disponíveis.

"Você não estava brincando", diz ele, me passando um copo de água. "Você tem bastante coisa."

"Dá pra comprar muita coisa pela internet."

Jake faz que sim com a cabeça. "Bom, nesse caso", ele diz, "manda ver nos *tchotchke!*"*

◆

Três semanas depois da minha mudança para o que agora é o nosso apartamento — depois que enfio tudo o que posso no escritório e deixo a sala com abajures demais, Jake e eu deixamos os cachorros em casa e vamos para Malibu para jantar à beira da praia, no Moonshadows. Já é primavera, e o sol está se pondo cada vez mais tarde. Enquanto dirigimos, com o mar à nossa esquerda, sinto uma gratidão imensa por este lugar, por esta cidade que chamo de lar.

Quando chegamos para jantar, às seis, o sol ainda está alto no céu. O Moonshadows, envolto em vidro e com seu deque à beira-mar, parece flutuar. Pegamos uma mesa ao ar livre, bem na ponta, tão perto que, quando as ondas batem, sentimos as gotículas de água. Cubro os ombros com um casaquinho de caxemira antigo.

Pedimos ostras e champanhe e ficamos assistindo o céu passar de um azul brilhante para tons embaçados de cor-de-rosa, lavanda e tangerina. A beleza da água, a proximidade da natureza, é tudo muito tranquilizador.

"Ei", Jake diz. "Queria te perguntar uma coisa."

Assim que ele diz isso, sei do que se trata. Na verdade, já sei faz semanas. Desde que ele me disse que queria jantar em Malibu — o planejamento, a estranha formalidade para decidir aonde iríamos e o que comeríamos, ele ter confir-

---

* Termo comumente usado pela comunidade judia-americana vindo do iídiche que significa qualquer bugiganga ou objeto pequeno decorativo que pode ou não ser um suvenir de viagem.

mado comigo em três ocasiões diferentes se ainda estava de pé. Mas agora, vendo Jake sentado a minha frente, percebo que nada disso importa. Não importa que eu já saiba, que tenha deduzido, entendido o que estava por vir. Quando o momento chega, fica claro que a gente nunca está preparado.

"O quê?"

Jake está vestindo camisa branca e jeans claro. Nos pés, mocassins, presente do meu pai. As sardas dele estão mais aparentes que nunca. Ele está charmoso e bonito, com suas orelhas compridas, seu nariz curvado e seus olhos azuis e brilhantes. Todos os detalhes importantes de uma pessoa importante.

Ele pega minha mão da mesa. Sinto um friozinho na barriga quando penso que Jake vai se ajoelhar, mas não é o caso. Ele só segura meus dedos com a palma das mãos — com delicadeza e cuidado.

"Eu te amo", diz Jake. "E já te disse que não tenho muito interesse em nada casual. Espero ter conseguido provar que quero estar sempre disponível para você, e estou."

Penso em como Jake me pega um copo d'água toda noite antes de irmos para a cama. Penso em como ele põe minha toalha na secadora se sabe que vou tomar banho pela manhã. Penso em como agora me leva para tirar sangue todo mês. Em todos os mínimos detalhes de como demonstra que se importa.

"Sim", digo.

Ele sorri para mim. É um sorriso seguro, caloroso. Um sorriso convicto. "Daphne", diz Jake, "quer se casar comigo?"

Há uma única resposta possível para a pergunta.

"Sim."

Um rubor de alívio, orgulho e a mais pura alegria toma conta do rosto de Jake, tão extraordinário que quero engarrafar aquela expressão.

Durante a vida toda, acreditei que o que importava era a pessoa, que quando você conhecia "a pessoa certa", passava por uma porta mágica e tudo ficava claro. Eu o vejo segurando a porta agora. Vejo tudo o que ele tem a oferecer lá dentro. Vejo uma vida.

Jake coloca uma caixinha na mesa. Eu a abro. Dentro, tem uma aliança cravejada de diamantes com uma esmeralda maior no meio. É moderna, linda e até meio descolada. Perfeita para mim, na verdade. Agora que está aqui, não consigo pensar em nenhuma outra.

"Amei", digo.

Jake sorri. "Kendra me ajudou a escolher."

Ele tira o anel da caixinha. Eu estendo a mão.

"Aqui."

Cabe direitinho. Eu a ergo para o céu cada vez mais profundo, bem na linha do horizonte. A esmeralda reflete os últimos raios do sol poente.

Trinta

Quando apareço para trabalhar no dia seguinte, Irina estendeu uma faixa em que está escrito PARABÉNS, FORMANDA! sobre a ilha da cozinha. Tem bexigas e um pirulito em forma de anel gigante, do tamanho da minha mão.

"Uau", digo. "As notícias correm mesmo."

"Kendra me ligou", diz ela. "Agora deixa eu ver."

Estendo a mão para Irina, que inspeciona a aliança, virando meu pulso para um lado e para o outro, como se fosse uma médica fazendo um exame.

"Tão bonito; lindo demais. Por acaso esse cara não erra nunca?"

"Pois é", digo.

Irina me entrega um café que acabou de passar na Nespresso. Deixo a bolsa na banqueta e me apoio na bancada.

"E ele recebeu a notícia do jeito certo", diz ela. Não é uma pergunta. É um lembrete, talvez.

Olho na direção dela. Está vestindo jeans de cintura alta e um body branco. O cabelo está preso em um coque baixo. Não passou nada de maquiagem, e mesmo assim a pele está impecável — radiante e rosada.

"Antes de Jake, você era a única além da minha família, Hugo e alguns amigos da faculdade, que sabia do meu coração."

Irina assente. "Acho que foi por causa da minha cara confiável", diz ela, sem emoção na voz. "E o fato de que você precisou preencher os formulários do plano de saúde."

Balanço a cabeça. "Não. Você nunca me tratou diferente. Nunca fez com que eu sentisse que precisava compensar por alguma coisa ou que havia coisas que eu não fosse capaz de fazer."

"Bom, você não é capaz de escolher uma bolsa decente", diz Irina, apontando para a bolsa-carteiro de couro que eu trouxe. "Então não exagera."

Balanço a cabeça. "Não é disso que estou falando."

Irina coloca a mão sobre a minha. "Eu sei do que você está falando. Mas esse relacionamento é tipo o clube da luta. Funciona porque a gente não fala disso."

Ela volta a se virar para a pia e põe a própria xícara lá dentro.

"Eu te amo", digo.

"Ah, Daphne", responde ela, ainda de costas para mim. "Não seja assim literal."

Então Irina se vira para mim e vejo um sorriso se insinuar em seu rosto.

"Você é uma das pessoas que mais amo no mundo. Isso deveria ser óbvio. Mas..." Ela olha nos meus olhos; vejo a mais leve das névoas lá dentro. "Pronto, falei."

Foi bom dizer. Foi bom ouvir. Essa intimidade fácil que me neguei por tanto tempo.

Quando conheci Kendra, fazia anos que não ficava próxima de ninguém que não fosse Tae ou minha família. Vivia em uma bolha. Tinha amigos, porém eles não conheciam minha realidade, e, conforme os anos foram se passando, fomos perdendo cada vez mais contato. Eu deixava as amizades de lado porque sabia, lá no fundo, que minha vida nunca seria parecida com a deles. Que talvez eu nunca me casasse; que não poderia ter filhos; que só progrediria até certo ponto. Não queria essa comparação bem na minha cara todo santo dia. Não queria olhar para eles e me sentir feia ou ressentida. Não queria ver que as pessoas com quem eu havia começado estavam em um ponto onde eu nunca chegaria.

Então veio Kendra. Pegamos amizade fácil, talvez porque ela era alternativa, porque contava sobre sua vida com Joel como obra do acaso, e não algo pensado, ou porque nunca questionava minha vida, só se fazia presente, e nossa amizade era fácil de manter. Foi ela quem começou a quebrar o vidro. Depois disso, Irina chegou e derrubou a porta.

"O que está rolando com a Penelope?", pergunto a ela agora.

Irina vira o pescoço. "O que está sempre rolando com a Penelope", responde ela. "Amor demais e compatibilidade de menos. Talvez as pessoas achem que, quando a gente chega numa certa idade, tem a vida inteira resolvida, mas a vida é muito mais um contínuo que uma estrutura em três atos. O que ninguém te diz na porra desses filmes que a gente faz é: só amor não basta."

"Ninguém quer ouvir isso", digo. "Não é sexy."

"A gente precisa de muito mais do que amor", prossegue Irina. "Tá zoando? Eu amaria estar com alguém que não dormisse até as dez da manhã. Ou que entendesse a importância de uma casa limpa. Ou que não molhasse o chão do banheiro inteiro só para escovar os dentes."

Dou risada. "Você acha que vai procurar alguém que não faça isso um dia?"

Irina massageia um músculo do pescoço. "O problema do amor é que só ele não basta", insiste ela. Então me encara. Os olhos dela continuam brandos. "Mas é quase impossível abrir mão dele."

Endireito o corpo.

"É um paradoxo, tipo o de *Ardil 22*", digo.

Irina assente. Depois pega um pano de prato amarrotado da bancada e começa a dobrá-lo. "A vida é um eterno paradoxo tipo o de *Ardil 22*", diz Irina. "Foi por isso que Deus inventou a amizade entre mulheres."

Trinta e um

JOSH

SEIS MESES

Fiquei mais um ano em Los Angeles depois que terminei com Tae. Tive uma folga das internações. Ainda precisava ir a uma série de consultas, fazer exames e tirar sangue o tempo todo, porém não estávamos mais naquele estado de crise constante, então meio que entrei em uma homeostase. Havia um espaço sobrando que eu queria preencher.

Na véspera do meu aniversário de vinte e quatro anos, me mudei para San Francisco. Tinha conseguido um trabalho na Flext, uma startup de tecnologia que pretendia revolucionar o modo como as pessoas faziam atividade física em casa. Isso foi antes da Peloton, e eles estavam recebendo bastante atenção.

Fiquei sabendo da startup por Alisa, minha colega de quarto dos tempos de faculdade. O dono era um amigo de Alisa de Nova York, e ela me perguntou se eu não tinha interesse em trabalhar nela como assistente. Eles estavam procurando por alguém formado em comunicação que não se importasse com trabalho braçal e uma jornada de trabalho longa. Parecia perfeito.

"A única coisa é que fica em San Francisco", comentou Alisa.

"Melhor ainda."

Durante os anos em que eu namorara Tae enquanto ele estudava em Stanford, ouvira sobre as glórias de San Francisco. Parecia uma cidade que consistia em tudo o que era proibido para mim. Ruas íngremes, bicicletas, drinques no rooftop de arranha-céus, reuniões em patinetes. Falávamos sobre eu ir visitá-lo com frequência, porém algo sempre atrapalhava. Eu não podia andar de avião, não era seguro. Ainda tinha as consultas. *E se algo acontecesse?* E algo sempre acabava acontecendo mesmo.

Agora, no entanto, eu estava livre. Podia conhecer a cidade, se quisesse. Porra, podia até morar lá. Então foi exatamente o que fiz: me mudei.

Conheci Noah na minha segunda noite em San Francisco, em um bar no quarteirão do hotel onde eu estava hospedada, e nossas cinco semanas juntos se passaram como em uma montagem de filme. Quando terminou, fiquei mais triste do que deveria. Então conheci Josh.

Josh era meu chefe. Estava com vinte e nove anos e se formara em Harvard com boas notas, tendo cem milhões de dólares em capital de risco. Estava com tudo. A *Forbes* havia escrito um artigo a respeito dele. Estava sendo acompanhado pela *New Yorker* por três meses para outra matéria. Estava destinado a se tornar o próximo bilionário do Vale do Silício. Para mim, no entanto, ele só parecia um cara saído de uma propaganda da J.Crew.

Entrei no escritório da Flext naquele dia usando jeans e camisa, tão entusiasmada que me sentia outra pessoa. Estava empolgada só de estar ali. A arquitetura do escritório era de conceito aberto — e ninguém tinha porta. Josh se sentava no meio, onde ficava digitando no computador.

"Aquele ali é o fundador da empresa", a recepcionista, Janelle, me disse. "Gato, né?"

Josh tinha cabelo castanho e olhos verdes, e tudo nele fazia sentido: seus traços trabalhavam juntos para apresentar uma imagem íntegra. Ele era um quebra-cabeça completo. Simétrico. Organizado.

"Josh", Janelle o chamou. "Esta é Daphne, a nova assistente, que veio de Los Angeles."

Ele piscou uma vez, como se estivesse saindo de um transe, e depois olhou para mim. "E aí", disse ele. "Daphne de Los Angeles."

Assenti.

"Estou feliz em ter você aqui com a gente. Fiquei sabendo que é boa em Excel, o que vai ser bem útil. Somos uma startup de tecnologia que na verdade não é muito high-tech."

Dei risada. "Vou ficar feliz em ajudar."

Meu chefe direto não era Josh. Era Tanaz, que tinha vinte e oito anos e era a melhor programadora que eu já havia conhecido. Minha colega de quarto no segundo ano de faculdade estudava ciências da computação. Eu havia absorvido algumas coisas por osmose durante o ano em que tínhamos morado juntas, e sabia que Tanaz era muito superiora aos outros.

Logo ficou claro que meu trabalho consistia principalmente em garantir que nada faltasse a Tanaz, para que ela pudesse continuar fazendo aquilo que fazia tão bem.

Comecei a decorar a rotina dela — quando ela ia querer café, quando ia querer almoçar e até quando ia precisar ir ao banheiro. Além disso, gostava de Tanaz. Ela começou a me chamar de DB.

"É mais curto", disse. "E eu gosto mais."

Ela queria que eu a chamasse de "Tanz".

Uma sílaba economiza tempo.

Eu adorava aquele lugar porque ninguém me conhecia ali. Me sentia uma super-heroína, porém, em vez de esconder meu poder, escondia minha doença. Pela primeira vez em quase três anos, ninguém me via como uma pessoa doente. Eu fazia parte de alguma coisa. Normal. E a sensação era incrível.

Josh e eu não nos falamos, não de verdade, até já fazer seis semanas que eu trabalhava na Flext. Àquela altura, eu morava no Financial District, porque havia achado um lugar barato por ali. Ficava cerca de uma hora do escritório, mas o trajeto era tranquilo. Eu tinha ido de carro para San Francisco porque sabia que não poderia subir as ladeiras e porque nada me deixava mais feliz que a liberdade que o ato de dirigir representava. Eu finalmente estava no controle.

O escritório da Flext ficava em Palo Alto, e quando eu não estava a fim de dirigir (o que era raro) podia pegar um trem expresso e a empresa me reembolsava.

Durante minhas cinco semanas com Noah, não o vi muito, e quando terminei com ele passei a ficar no escritório até tarde. Recebi o bilhete uma semana antes de acontecer. Estava na impressora quando fui escanear alguma coisa. *Josh, seis meses.*

Fiquei animadíssima. Não necessariamente por causa de Josh, mas pela duração.

Seis meses era uma eternidade. Eu podia nadar naquele tanto de tempo.

Quem quer que sobrasse no escritório depois do expediente jantava junto. Eram apenas vinte e cinco funcionários, e todo mundo se conhecia, principalmente pela ausência de portas. Pedíamos comida — salada, taco, pizza. Sempre tinha pacotinhos de queijo parmesão e guardanapos de papel espalhados.

Teve uma quinta que Josh se juntou a nós. Sentou-se com Tanaz, mas fizemos contato visual quando ele se levantou para pegar um guardanapo. Acenei.

"E aí?", ele perguntou. "Desculpa pela correria eterna por aqui. Espero que esteja curtindo pelo menos um pouco." Engoli minha pizza. "Nada, é legal", falei. "Na verdade, estou adorando."

Era verdade. Eu estava feliz. Gostava da rotina, do ritmo, adorava o fato de que outros dependiam de mim. Depois de tantos anos me sentindo vítima — tendo sempre que aceitar ajuda —, era bom ser capaz de ajudar.

O RH da empresa consistia em uma pessoa, Kelly, que sabia da minha saúde. Se eu precisava entrar uma hora depois ou sair para tirar sangue, não tinha problema.

"Gosto de conhecer todo mundo que chega, mas as coisas andam muito loucas." Josh olhou para mim. "Desculpa."

"Relaxa", falei. "Eu entendo."

"Quer sentar aqui?" Com um gesto, Josh me convidou para ir até onde ele estava. Peguei meu prato de pizza.

Josh era bem tranquilo — foi o que mais me impressionou nele, sua despreocupação. Em uma indústria neurótica e conectada quase o tempo todo, ele era como uma jangada em um lago. Mal dava para vê-lo se deslocar.

"Sei que você é de Los Angeles", ele disse. "E só."

"Nasci e cresci em Palisades."

Josh dobrou um pedaço de pizza ao meio. Vi a gordura escorrendo para o guardanapo. "A gente morava em Sherman Oaks quando eu era pequeno. Depois meus pais mudaram para o Havaí."

"Havaí?"

Ele mordeu a pizza e mastigou. "É, eu sei. Todo mundo me pergunta como foi crescer lá, só que na verdade não é muito diferente de qualquer outro lugar."

"Deve ser tipo Malibu. Palisades é suburbana, mas ainda assim perto do mar. Sempre me perguntam se eu surfava o tempo todo."

"E você surfava?"

"Não muito bem."

Josh sorriu e limpou a boca. "Você tem saudade?"

"Do mar?"

Ele deu de ombros. "De casa."

Dei uma mordidinha na pizza. "No momento, não."

Josh riu. "Uma coisa boa de trabalhar numa startup é que não tem problema se San Francisco é um saco, porque não sobra tempo pra sair mesmo."

"Então o seu jeito de se divertir é trabalhando?"

Josh sorriu. "É. Sinceramente, nem sei se eu seria capaz de falar de cabeça pra você como é o meu apartamento. Terminei um relacionamento no ano passado e desde então minha vida tem sido meio que só trabalho." Ele olhou para mim, preocupado. "Desculpa se estou falando demais."

"Só porque você falou que está solteiro?", perguntei. "Por mim tudo bem."

A Flext era uma empresa pequena onde todo mundo era amigo. Parecia um meio-termo entre virar a noite estudando na faculdade e um acampamento de verão. Duas coisas de que eu preciso confessar que gostava muito. Adorava a energia. Horas inteiras se passavam sem que eu pensasse nos dois anos anteriores.

Fui eu quem chamei Josh para sair.

Estávamos em um happy hour em um karaokê que não ficava muito longe do meu apartamento. Chamava Karaoke One e tinha uma placa de neon que dizia: ABRA A CARTEIRA. SE VAI ABRIR A BOCA, VOCÊ É QUE ESCOLHE.

Pegamos uma salinha nos fundos com papel de parede geométrico. Teria atacado minha claustrofobia se eu não tivesse superado esse medo, no que calculo que tenha sido minha oitava ressonância magnética — parece que ser enfiada com regularidade em um espaço pequeno e fechado me obrigou a me adaptar.

Josh se levantou para cantar uma música da Pat Benatar. Eu sabia que gostava dele. Gostava que fosse relaxado e parecesse ter os pés no chão. Fazia duas semanas que eu havia recebido o bilhete, e agora já estava muito a fim dele. Sentia que era recíproco, mas não dava para ter certeza. Josh era um bom chefe e um ótimo exemplo. Eu sabia que ele jamais daria o primeiro passo.

"*We are young*", ele cantava.

Tanaz protegeu a boca com as mãos e gritou no meu ouvido:

"Ele é bem fofinho, né?"

Eu estava olhando para Josh.

"É." Não via motivo para negar. Às vezes as pessoas se conheciam no trabalho, né?

"Ele ficou tão mal no ano passado depois do que rolou com a ex que quase não deu conta. Mas parece estar mais feliz desde que você chegou." Tanaz sorriu para mim. "Em uma empresa tão pequena, uma única pessoa pode mudar toda a dinâmica. E acho que a sua presença mudou a nossa dinâmica de um jeito muito positivo." Era a conversa mais longa que a gente já tinha tido.

"*Searching our hearts for so long.*"

Alguém me passou uma cerveja. Tomei um gole. Nossa sala era pequena e estava lotada, quente e barulhenta. Todo mundo suava. Eu estava adorando.

"*Love is a battlefield.*"

Depois de passar o microfone para Janelle, Josh veio na nossa direção.

"Mandei mal demais?", perguntou ele.

"Foi", concordou Tanaz. "Mas você pareceu estar se divertindo."

"Quer sair para beber um dia?", perguntei a Josh.

Ele inclinou a cerveja na minha direção. "Já estamos fazendo isso agora."

"Não é disso que estou falando", comentei.

"Eu sei", disse Josh.

Tanaz procurou nos dar espaço.

"Mas eu sou seu chefe."

"Você gosta de mim?", perguntei. Nunca havia sido tão corajosa. Sentia a adrenalina correndo por minhas veias.

"Gosto", respondeu Josh.

"Então vamos sair pra beber alguma coisa."

Ele ficou olhando para mim. Eu sabia que queria dizer sim.

"Tá", falou.

Antes que qualquer coisa acontecesse — antes que saíssemos para beber, que ficássemos de mãos dadas, que tivéssemos uma conversa que fosse com a porta fechada, o que teria sido difícil, já que não havia portas no escritório —, fomos falar com o RH, ou seja, Kelly.

"Isso é mesmo necessário?", perguntei a Josh.

"A empresa é pequena. Precisamos fazer tudo direitinho."

Assinamos um monte de papéis que eu nem li, mas que Josh considerou com muita atenção. "Tem uma cláusula aqui dizendo que se a gente parar de sair por qualquer motivo ela não precisa ir embora, né?"

"Ela não pode ser demitida por causa do relacionamento de vocês", disse Kelly. "É isso que quer saber?"

"Só quero me certificar de que ela vai estar protegida."

A gente só vai sair pra beber, pensei.

A gente não saiu só pra beber. Depois da papelada, fomos ao Alchemist Bar & Lounge, um lugar com iluminação fraca em Oracle Park. Bebemos uísque de centeio e conhaque de maçã em jarrinhas de vidro, depois fomos para o apartamento de Josh. Ele tinha um loft com vista para a baía com poucos móveis, só um pouco melhores que os da Ikea.

"Não tive tempo de decorar. Na verdade, quem decorou foi minha ex, mas quando terminamos ela levou a maior parte das coisas embora."

"Eu gostei", falei. "Dá pra dar uma festona aqui."

Josh riu. "Já fiz algumas reuniõezinhas de trabalho. Mas faz um tempo." Ele foi até a geladeira de aço inoxidável. "Tenho vinho tinto e branco, e ambos estão na geladeira porque eu não sei nada de vinho."

"Posso pedir um copo de água?"

Josh levou a mão ao rosto em um gesto que pareceu exageradamente dramático. "Claro, desculpa, eu deveria ter oferecido assim que chegamos."

Ele pegou uma garrafa filtradora da geladeira e encheu um copo para mim.

"Obrigada."

Tomei alguns goles. Ele ficou olhando.

"Você é uma pessoa bem interessante", disse Josh. "Não parece ter muito medo. Já eu me sinto vivendo em um filme eterno do Hitchcock."

Enxuguei os lábios. "Isso não me parece ser muito verdade."

Josh balançou a cabeça. "É, sim. Tipo, não estou tentando invalidar sua experiência nem nada, mas é assim que eu te vejo. Você é muito direta." Ele ficou em silêncio por um momento. "Gosto disso."

Deixei o copo de lado. Dei a volta no balcão para encontrá-lo na pia.

"Oi", ele disse.

"Oi."

Encostei as mãos no peito de Josh. Tínhamos a mesma altura. Nem precisei ficar na ponta dos pés.

"Então, posso te beijar?", perguntei.

Ele balançou a cabeça. Covinhas se formaram em suas bochechas. "Tem certeza de que você quer?"

"Sim. Se você precisar, posso assinar mais uns documentos. Talvez lá pela octogésima página você fique mais tranquilo."

Ele pegou minha cintura e pressionou os lábios contra os meus. Foi um beijo tímido, quase inocente. Um dedo passado pela aba de um envelope.

Foi o primeiro relacionamento que tive que avançou bem rápido legalmente e bem devagar fisicamente. Depois daquela noite, estávamos juntos. Nada mudou no escritório; a gente ficava tão ocupado na maior parte do tempo que dramas interpessoais nem teriam sido possíveis, mesmo se quiséssemos — não havia tempo. Mas íamos embora juntos com frequência e saíamos para beber alguma coisa ou íamos comer na casa dele.

Minha saúde tinha se estabilizado, o trabalho era divertido e exigente, e Josh era um bom namorado. Ele até conheceu meus pais quando eles vieram passar o fim de semana.

"Josh é inteligente", constatou meu pai. "E um rapaz muito simpático."

Eu pensava nele como um adulto de verdade. A sensação de estar em um relacionamento sério era boa. Sentira falta disso no relacionamento que tivera com Tae, seja lá o que nosso namoro tivesse sido, e estava aproveitando tudo o que recuperara. Sair para jantar, andar de mãos dadas na rua, ir ao cinema aos fins de semana. Eu adorava pensar em como as outras pessoas nos viam. Em como devíamos parecer para elas.

A gente era normal. E normal era mais do que bom. Era o paraíso.

O que sempre me encucava, no entanto, era que eu não sabia bem o quanto Josh gostava de *mim*. Era como se, depois que ele havia conversado e acertado tudo entre a gente no trabalho, não tivéssemos mais opção: precisávamos ficar juntos. Eu não sabia se ele queria uma namorada ou se só queria que eu fosse dele.

Seis meses depois, recebi minha resposta. Na semana anterior, as coisas haviam se complicado no trabalho. A rodada de investimentos fora um fracasso. O fluxo de caixa da Flext ficara perigosamente baixo, e começaram a falar em demissão. O que antes me parecia um bilhete premiado agora parecia ter expirado. Estávamos todos pisando em ovos, Josh mais do que qualquer um. Andava estressado e na defensiva demais. Sabia que cabia a ele manter o emprego de todas aquelas pessoas, mas não parecia ter certeza de que conseguiria.

Estávamos jantando na terça-feira quando ele me contou. Tinha estado estranho o dia todo, porém eu concluíra que era por causa do trabalho e da possibilidade de ter que fechar a empresa.

"Preciso te contar uma coisa", disse ele. "Vou voltar com a Emily."

Não houve intervalo entre uma frase e outra. Ele só soltou. Pisquei algumas vezes. Tinha ouvido o nome dela, a ex dele, com frequência durante nosso tempo juntos, porém não fazia ideia de que os dois ainda mantinham contato.

"Não aconteceu nada, não traí você nem nada. Juro. Espero que acredite em mim, mas entendo se não acreditar. Se eu pudesse me impedir de sentir o que sinto, faria isso. Não quero magoar você. Mas eu e ela, a gente se esbarrou no trem na semana passada e começou a conversar, e eu percebi como ainda amo a Emily." Josh desviou os olhos. Dava pra ver que tentava se controlar, mas estava chateado. "E ela sente o mesmo."

Acreditei nele. Considerando a forma como tinha agido no começo do nosso relacionamento, eu sabia que dizia a verdade.

"Não sei nem o que te dizer", falei. Não sabia se estava devastada ou se era só o choque. Parecia não haver diferença. Josh balançou a cabeça. Passou as mãos pelo cabelo. "Pois é. Eu também não. Gosto muito de você. Foi bom enquanto durou, você é divertida e..."

Ergui a mão. Não queria mais ouvir.

"É que... ela é a pessoa certa pra mim", concluiu Josh.

Então eu percebi que, aquele tempo todo, ele tinha amado a ex. Eu não sabia se aquilo constituía traição, mas de qualquer maneira a sensação não era boa. De repente, a bolha que havia criado para mim mesma — a bolha sem dor — estourou. Eu não era mais aquela garota anônima de Los Angeles que fazia todo mundo se sentir bem. Era uma pessoa com um passado, e Josh era alguém que não conseguia esquecer o dele.

"Então fico feliz por vocês", falei. Não era verdade. Porém eu queria parecer madura. Queria colocar tudo nos eixos de alguma maneira. Assumir o volante, não me sentir à mercê de outra pessoa. Queria estar no controle.

"É sério?" Josh parecia aliviado. Eu não entendia como ele podia ser tão idiota, como eu não percebera, como tinha deixado que as coisas tivessem chegado a esse ponto. "Porque não quero que vá a lugar nenhum. A empresa precisa de você. É uma parte importante dela."

"Claro", eu disse. "Tá."

Não terminamos de comer. Eu me levantei, e ele não insistiu. Não disse: *Qual é? Come seu hambúrguer.* Ou: *Só mais um drinque.* Ou: *Vamos ficar um pouco mais.* Ele não queria, era óbvio. Queria ir para casa com ela. Eu era a única coisa entre o bar em que estávamos e a reconciliação dos dois.

Josh perguntou se podia chamar um carro para mim. Balancei a cabeça.

"A gente se vê segunda." Ele parecia quase alegre. Pensei, então, em Josh ligando para ela. Dizendo que havia corrido tudo surpreendentemente bem. Pensei em Emily dizendo para ele ir depressa encontrá-la. Em todo o desejo, em toda a saudade que haviam enterrado e agora voltariam à tona. No alívio que sentiriam ao voltar, finalmente. Nos beijos urgentes e inebriantes.

Eu já sabia, claro que sim. Tinha recebido o bilhete. Porém o tempo havia passado rápido demais. Seis meses tinham acabado em cinco minutos. Eu não prestara muita atenção. Não me preparara.

Não estava acostumada a não ser escolhida, e odiei aquele sentimento. Odiei sentir que quem tinha as respostas não era eu. Josh soubera de coisas que eu não sabia. Sempre havia sido o contrário.

Pedi demissão na semana seguinte — contratos só funcionam em problemas hipotéticos —, e a startup foi à falência no ano seguinte. Fiquei sabendo porque continuei acompanhando a Flext e Josh — checando o Instagram, procurando no Google. Todo mundo ficou perplexo, decepcionado, que aquela empresa tão promissora tivesse fechado.

Mas um mês depois do fim da Flext, o casamento de Josh e Emily foi anunciado. Seria uma cerimônia pequena, ao ar livre, na casa dos pais dela, em Marin County. Só com a família e alguns amigos mais próximos. Um violinista foi contratado pra tocar "Over the Rainbow" e Emily usou flores amarelas no cabelo, de acordo com o *New York Times*. Os dois pareciam radiantes. Na foto, Josh beijava a palma da mão dela.

Pensei em qual seria a sensação de se sentir tão querida, de ser escolhida assim, e pela primeira vez na vida soube que queria aquilo. Queria um amor épico, do tipo que só se vê nos filmes. Queria que alguém falasse sobre mim do jeito que eu sabia que Josh falava de Emily. Queria noites no terraço, manhãs na cama e uma sensação de pertencimento. Queria flores amarelas no cabelo. Queria que todo mundo olhasse para mim e para ele e dissesse: "Não são perfeitos juntos?".

Porém reconhecer um desejo significa reconhecer a suposição que esse desejo pressupõe. Eu queria aquilo, o que significava que agora morria de medo de nunca conseguir. De nunca chegar lá.

É um clichê dizer que as pessoas têm medo de se machucar. No entanto, e se os bilhetes não estivessem apenas dividindo minha vida em períodos de tempo, mas também me protegendo? Da dor de ser pega de surpresa. Eu nunca mais poderia dizer: *Eu não fazia ideia*.

Depois de Josh, jurei que confiaria mais nos bilhetes que recebia. Se não atestassem que o relacionamento duraria para sempre, eu não iria me envolver. Seria cautelosa e me manteria alerta.

Acreditaria neles.

Trinta e dois

Um mês depois de ficarmos noivos, Jake me diz que acha que deveríamos nos casar em setembro. Estamos sentados na parte externa do Alfred's, em Melrose Place, um enclave da sofisticação cheio de lojas de grife e lugares vendendo suco verde. A nossa volta, pessoas com roupas esportivas passeiam com seus cachorros de porte médio. Estou bebendo um latte gelado com leite de aveia, e Jake pegou um chagaccino — uma bebida assinada pelo chef feita com fruta-dos-monges e cogumelos. Na verdade, é muito boa, só que algo mais forte que eu não me deixa pedir. É meio modinha demais para mim.

"Jake", digo. "Setembro é em menos de quatro meses."

O sol já está forte, e estamos ambos de óculos escuros. Estou vestindo short jeans, camiseta branca e sandália Birkenstock. Bato os dedos dos pés contra a tira de couro.

Jake dá de ombros. "Acha cedo demais?"

"Qual é a pressa?"

Jake toma um longo gole. Então cruza as mãos sobre a mesa. "Quero ter uma conversa que acho que a gente anda evitando."

Seguro o copo de plástico com as duas mãos. Sinto meu estômago se revirar. "Fala."

Ele solta o ar. "Quero conversar sobre filhos. Acho que deveríamos tentar."

Quando eu contei sobre meu coração, Josh fez perguntas. Tentei respondê-las tão honestamente quanto possível, porém a questão dos filhos é complicada. Não é algo impossível, mas também não é aconselhável. Isso do ponto de vista médico. Há muitas maneiras de ter um filho, só que eu nunca achei que escolheria isso.

"Tá."

Jake pega minha mão. A dele está fria, mas a minha também. "Não estou querendo falar disso para te pressionar. De jeito nenhum. E não precisamos decidir nada hoje. Podemos conversar sobre isso mais umas vinte vezes."

"Nossa, seria bem divertido."

Jake continua sério. "Quero que você se sinta confortável, Daphne. E quero que a gente seja honesto." Ele fica em silêncio por um momento. "Mas a verdade é que eu preciso entender melhor em que pé você está nessa questão."

"No sentido de poder ter filhos?"

"No sentido de querer."

Um casal de uns vinte e poucos anos se aproxima do balcão para fazer um pedido. Ela se recosta nele enquanto verifica o celular. Parece tão descomplicado, tão fácil. Fico com inveja.

"Não sei", respondo. "Eu meio que decidi que era impossível e deixei isso de lado. Não cheguei a pensar sobre querer ou não." Olho para o meu copo. O gelo está derretendo, criando uma camada translúcida de água suja em cima. "Não tenho certeza de que quero."

Não olho para ele, mas sinto sua reação. Porque a verdade, aquilo que nenhum de nós quer dizer, é que Jake deveria ser pai.

Deveria acordar quando o bebê tivesse fome à meia-noite, deveria pesquisar carrinhos, deveria ser técnico de equipes infantis. Deveria colocar Band-Aid na perninha da criança e fazer macarrão cinco noites seguidas. Deveria trocar fraldas, instalar balanços e encher o iPhone de vídeos. Ele é esse tipo de cara. É quase como se já tivesse acontecido.

"E sei que você quer", concluo.

"Daph..."

"Tá tudo bem", digo, olhando para ele. "Você disse que precisamos ser honestos."

Jake assente. Eu o vejo engolir em seco. Quando ele fala, é de maneira comedida. "Eu quero, mesmo", solta ele. "Sempre me vi como pai. Mas a vida não correu como eu imaginava. Nem um pouco."

Há uma tristeza em sua voz, um tipo de melancolia que em geral não vejo nele, nem mesmo quando fala da ex.

"Você não deveria ter que abrir mão das coisas que quer", digo.

Jake sorri. Aperta minha mão. "Eu quero você", diz.

Quando eu era mais nova e meu coração passava a falsa impressão de ser saudável, imaginei que seria mãe. Não era um desejo real, e talvez eu fosse nova demais para desejar uma coisa dessas, só me parecia algo que fosse acontecer com certeza. Em algum momento, no futuro distante, eu me apaixonaria, me casaria e teria um filho.

Porém a vida mudou de curso. E desde então não passei muito tempo pensando no que ia querer se isso não tivesse acontecido. Não sei nem se importa. Afinal, eu só tenho essa vida. A que estou vivendo. E, nessa vida, filhos nunca tiveram a menor chance. Eu esperava que fossem ter — que um dia eu acordaria e pensaria: *Preciso ter filhos. Agora.* Mas ainda não aconteceu.

"Acho que você precisa se perguntar, de verdade, se abriria mão disso", digo. "Não é coisa pouca."

Jake parece pensar por um momento. "Então você não quer? É isso que está me dizendo?"

"O que estou dizendo é que não sei nem se um dia vou voltar a pensar a respeito."

Consigo ver a dificuldade de Jake de processar essa informação, e em parte fico brava. Porque já estamos noivos. Porque ele já se comprometeu comigo. Por acaso presumiu que eu mudaria de ideia? *Vamos nos casar, é claro que ela vai querer um filho.*

"Daphne", diz ele. Pega minhas mãos nas dele. Olha bem nos meus olhos. "Se você fosse tudo o que tenho, seria mais do que o suficiente. Só quero saber o que você quer para a sua própria vida. Quero que faça escolhas baseadas no que deseja, sempre, e não no que acha que vai ser possível ou não."

Jake se inclina na minha direção e me beija. Sinto seus lábios nos meus — firmes e concentrados. Porém não consigo evitar de sentir, sentados aqui, com o dia passando a nossa volta, que ele não entende. Que o que eu quero não tem vez. Não aqui, não nesta vida. E é melhor não ignorar essa realidade. É melhor aceitá-la. Se não posso ser saudável, não quero fingir que sou. Quero a tranquilidade que vem de reconhecer que não sou. Quero a verdade.

Muitas vezes me pergunto qual é nossa responsabilidade em relação aos outros, o quanto devemos a eles. A quem cabe cuidar da nossa própria felicidade. A nós mesmos ou às pessoas que nos amam? A resposta é as duas coisas, claro. Devemos isso a nós e aos outros. Mas em que ordem?

Enquanto encaro Jake sentado à minha frente, o desejo de protegê-lo é palpável — eu o sinto dentro de mim. Então um pensamento me ocorre, um pensamento difícil de encarar e impossível de ignorar. Eu me pergunto se não ando vendo esse desejo — e o honrando e reconhecendo — e chamando-o de amor.

Proteção e amor não são a mesma coisa. O amor diz: *Vou tentar e vou falhar.* O amor diz: *Apesar de.* O amor diz: *Ainda assim, ainda assim, ainda assim.*

Penso em Jake, em tudo por que passou, em tudo o que aconteceu em sua vida antes que me conhecesse. Eu me pergunto se não estamos ambos tentando me salvar e no que vai acontecer quando percebermos que é impossível.

Trinta e três

"Está fazendo trinta e sete graus lá fora."

Hugo e eu estamos na represa de Silver Lake, passeando com Murphy. Meu cachorro está cheio de energia hoje, à toda. Depois de alguns minutos, tenho que puxar a coleira para que ele desacelere.

Já passa das sete, e o sol mal começou a descer. Estamos quase no verão em Los Angeles. A água está limpa, a grama está verde, o vento sopra e flores amarelas nos rodeiam. No céu, um pássaro canta e mergulha, raspando os pés na superfície da água.

Jake está passando alguns dias em Nova York a trabalho e eu estou com o apartamento só para mim. Até agora, tenho visto muitos reality shows e jantado delivery com o ar-condicionado ligado. Sabre não demonstrou nenhum interesse em abandonar os vinte graus de casa, por isso vim só com Murphy.

"Não seja exagerada", responde Hugo. "Deve estar uns vinte e cinco, no máximo."

Ele não está errado, porém, mesmo de vestido e tênis, estou suando. Sinto o suor se acumulando na minha testa.

É a primeira vez que saímos sozinhos desde que Jake e eu ficamos noivos, quase um mês atrás. Contei para Hugo pelo telefone. Ele pareceu genuinamente feliz por mim. Trocamos algumas mensagens, porém andamos mais reservados. Pensei que, quando nos encontrássemos hoje, nosso comportamento seria parecido com o que estamos tendo on-line — que seríamos breves e não entraríamos em detalhes. Mas ele ainda é o Hugo.

Jake e eu ainda não começamos a planejar o casamento, porém concordamos que seria pequeno. Vinte pessoas na praia, talvez com bebida e jantar depois. Nada demais. Sem gastar muito. Algo íntimo e bonito. Com boa comida, boa música e bom vinho.

"Olha, *a sensação* é de trinta e sete graus."

Hugo me encara, parecendo preocupado de repente. "Você está se sentindo bem?", pergunta ele.

Olho de esguelha para ele. "O que está querendo dizer com isso?"

Hugo volta o olhar para Murphy. "Só quis perguntar."

"Estou bem." Pego seu braço e o balanço para a frente e para trás. Vejo que ele relaxa. "Ando me sentindo superbem ultimamente."

Ele assente. Murphy parou de andar e levantou as orelhas. Hugo se abaixa para acariciar a cabeça dele.

"E aí, cara?", diz ele. "E aí, senhor? Murphyzão."

Murphy levanta os olhos para Hugo, parecendo cansado.

"Jake levou Murphy à praia no fim de semana passado", conto. "Ele jogou um graveto, e Murphy ficou só olhando pra ele. Claramente julgando. Jake ainda acha que tem um cachorro aí."

Hugo continua acariciando a cabeça, o queixo e logo abaixo das orelhas de Murphy, que se esfrega nele.

"Como alguém ousa te tratar feito animal?", pergunta Hugo. "É muita falta de respeito. Não sabem que você é um príncipe entre os homens?"

Murphy sai do alcance de Hugo, demonstrando que precisa de espaço. Hugo endireita o corpo.

Ele está de short verde-oliva e camiseta cinza. Os óculos escuros estão presos no colarinho, deixando alguns pelos à mostra. "Então vai mesmo fazer isso?", pergunta ele.

Alongo os ombros. "Isso o quê?"

"Vai mesmo se casar."

Não é uma pergunta, e não parece ser. Ele olha fixamente para mim enquanto fala. Não estamos sozinhos na represa, mas considerando o horário, pôr do sol, até que não está muito cheio. Algumas pessoas passam correndo; um pai empurra um carrinho. Mas neste momento sinto como se estivéssemos sozinhos.

"Por quê?", digo. Não é uma pergunta também, não de verdade.

"Fico me perguntando se você está feliz."

Pisco algumas vezes. *Quê?* "Isso é ridículo", digo. "Foi você quem me *disse* pra ser feliz."

Hugo assente. "Eu sei, foi mesmo. Eu te disse pra se jogar." Ele pigarreia. Aperta os olhos para o sol. "Eu estava certo, então?"

"De que eu preciso ser feliz? Sei lá, Hugo, mas ser feliz me parece uma ideia boa."

Cruzo os braços. Ele olha nos meus olhos.

"Andei pensando no que você disse, sobre o dia em que a gente terminou. Você tem razão. Eu não dei conta."

Apesar do calor, um arrepio percorre minha espinha. "Não importa, Hugo, ficou no passado." Volto a andar, puxando Murph comigo. "Faz muitos e muitos anos."

"É", ele responde. "Faz mesmo. Na época eu não dei conta. Aquilo que você me contou me assustou pra caralho."

Parei de repente. "Beleza, tudo certo. Você não gostou de saber que eu era doente. Mas não importa mais, não estamos juntos. Por que voltou a esse assunto? Você mesmo disse que não ia me dar nenhuma desculpa."

"É, você tem razão", fala Hugo. "Não estou aqui para dar desculpas. Mas dizer a verdade é algo bem diferente."

"Ah, é?", pergunto. "E qual é a verdade?"

"Você diz que eu parei de me importar porque paramos de transar." Hugo olha para mim. "A verdade é que tive que aprender a lidar com a situação porque não queria perder você."

Murph começa a puxar a coleira. Ele vê um coelho, sua criptonita. A única coisa que faz com que se comporte como algo que parece um animal. Seguro firme.

Sinto uma raiva justificada se acender dentro de mim. Ela toma conta, chamuscando meu peito por dentro.

"Quer um troféu ou algo assim? Parabéns, você aprendeu a ser amigo de alguém com um problema no coração! Merece uma festa. Confessar isso deve ter exigido muita coragem." Também sinto um veneno subindo. Perverso, cruel. Quero botar tudo para fora.

Hugo fica agitado. "Caralho, Daph, você não vai me ouvir nunca?"

"Que foi?", pergunto. Percebo que estou soando ríspida. "Por que está fazendo isso? O que você quer? A gente saiu só pra dar uma *caminhada*, Hugo."

Então ele para. É como se o mundo todo parasse. Sinto a imobilidade ao nosso redor — como se uma onda se formasse e congelasse no exato momento em que estivesse pronta para se crispar e quebrar.

"Quer saber o que eu quero?", pergunta ele. Chega mais perto de mim — tão perto que sinto seu corpo, todos os átomos que fazem dele Hugo. "Quero te levar pra casa agora mesmo. Quero garantir que você não durma a porra de um segundo esta noite. Quero te abraçar, te tocar e tirar o atraso dos cinco anos em que não fizemos nada disso. Depois quero acordar com você do meu lado, te levar o café da manhã e conversar sobre onde deveríamos morar e como vamos fazer pra todas as suas coisas caberem lá dentro. É isso que eu quero, Daph. Quero você. Pelo tempo que for. Cinquenta anos, ou cinco, ou quinze minutos, porra."

Meus pés estão cravados no chão. Minhas mãos estão dormentes. Em algum lugar à distância, ouço um pássaro.

"Mas sabe o que eu quero mais do que qualquer outra coisa?", prossegue Hugo. "Mais até do que quero você?"

O mundo parece sair do eixo — sinto que estamos caindo, despencando em direção a um limite inexplorado. Não sei como responder ao que ele está me dizendo. Não sei nem se vou conseguir voltar a falar depois disso.

"Quero que fale a verdade. Quero que fale a verdade pra você mesma. Na verdade pra você, pro Jake e pra mim. Por mais inconveniente que essa porra seja."

"Você quer que eu fale a verdade?" Sinto aquele fogo ainda dentro de mim ganhando força no meu ventre, subindo pela minha garganta e saindo pela minha boca. Hugo parece livre demais para dizer tudo o que disse. Enquanto eu tenho que segurar tudo. "A verdade não é só inconveniente. Tem noção do que é a verdade? É receber uma sentença de morte aos vinte anos. Nunca mais poder correr nem por um quilômetro. Não poder engravidar. Estar com o homem com quem eu disse que ia me casar sabendo que ele vai estar eternamente magoado nessa relação. *Essa* é a verdade que você tanto quer ouvir, Hugo. Você não tem o direito de insinuar que a verdade é a mesma pra mim e pra você. Quer que eu confesse tudo isso e... daí faça o quê? Ache que isso importa pra alguém? Minha vida tem limitações que você nem tem como saber. Você não entende. Nunca vai entender."

"Que mentira", responde Hugo. Então ele se aproxima e leva as mãos aos meus ombros. Sinto o calor de suas palmas, a firmeza de seus dedos. Sinto a raiva crescendo em mim. "Essa aí não é a verdade; é só a sua versão da história. Não são a mesma coisa."

Meus músculos se contraem. Tudo se volta para dentro, fica mais tenso, mais próximo.

Olho para ele, em desafio. "E como é que você sabe disso, porra?"

"Eu sei porque...", Hugo começa a dizer. As piscinas pretas de seus olhos, sólidas como pedras na água, aterrissando, ricocheteando na superfície, fixam-se aos meus olhos. "Fui eu que escrevi o bilhete de Jake."

Trinta e quatro

Então três coisas acontecem em rápida sucessão. Primeiro, meu celular começa a tocar. Depois, Hugo solta meus ombros, e fico livre para cambalear, perder o equilíbrio, pegar o aparelho e largar a coleira de Murphy. Então Murphy, agora sem que ninguém o segure, vai atrás do coelho. Nunca o vi correr assim tão rápido. É como se tivesse acabado de descobrir que tem pernas e quisesse testar o quão rápido e o quão longe elas podem levá-lo.

"Murphy!"

Antes mesmo que o nome deixe minha boca, Hugo dispara atrás dele. Hugo ainda corre dez quilômetros todo sábado, mas vejo que enfrenta certa dificuldade para alcançar Murphy. Quem poderia imaginar que aquele carinha tinha um cachorro dentro de si?

Vejo os dois contornando a represa, agora borrões distantes, e me sinto completamente impotente. Porque não posso fazer nada. Me sinto totalmente impotente. Murphy poderia escapar, e eu não teria nem como impedir.

Caminho depressa na direção deles, frustrada por minha falta de velocidade, naquele ritmo devagar forçado. Quero pular. Quero persegui-los e gritar com eles. *Como puderam fazer isso?*

Fui eu que escrevi o bilhete de Jake.

Como aquilo pode ser verdade? A realidade impensável da interferência de Hugo. O que isso diria sobre minha vida, meu futuro, meu relacionamento. Procuro me concentrar em Murphy.

Quando voltei de San Francisco — depois do fracasso com Josh e do fracasso no emprego —, estava devastada. Me sentia rejeitada — por Josh, pelo mercado de trabalho, pela própria cidade. Por seis breves meses, havia me sentido parte de alguma coisa, envolvida. Melhor que isso até: *normal*. Depois, foi como se o universo tivesse decidido me lembrar: *segura a onda, Daphne. Você não é igual a todo mundo.*

Comecei a procurar um apartamento, determinada a morar sozinha mesmo que aquilo significasse ir para um albergue. Tive sorte de encontrar o imóvel da Gardner Street. Estavam procurando a inquilina certa e decidiram que era eu. A primeira coisa que levei ao apartamento foi Murphy.

"Murphy!"

Entrei na Petfinder e encontrei uma cachorra na Bark n' Bitches que achei que seria a minha. Tinha certeza de que queria um cachorro que me lembrasse um Muppet: feliz e saltitante, de pelo enrolado. Só que, quando cheguei lá, vi que o cachorro que tinha ido ver era a maior piada. O nome dela era Daisy, e dava para ver que não tinha nenhuma personalidade. Daisy ficou sentada no canto da gaiola olhando para mim sem expressão. Não deu liga. Eu já estava indo embora quando a mulher que cuidava do lugar perguntou se eu não queria ver Murphy.

"Murphy!!"

Eu havia tido um amigo imaginário quando pequena. Mais precisamente, quando estava com cinco anos. Foi um capítulo breve e intenso, mas o nome da pessoa que se juntava a meus pais e a mim no jantar e nas idas à praia, o nome da pessoa que precisava ter seu próprio ingresso quando íamos ao cinema, para o horror deles, era Murphy. Parecia coisa do destino.

Murphy, o cachorro, era muito bonzinho. Não latia nem farejava. Me deixaram passar uma semana com ele, mas ao fim da primeira noite eu já sabia que Murphy era meu.

"Murphy!!!"

Ele odeia água, mas adora cavar na praia. É o único lugar onde cava. Quando o levamos para tosar, seu pelo ficou tão macio que nem pareceu possível. É como se aquela doçura aveludada sempre estivesse ali, logo abaixo da superfície. Murphy adora sol e olhar pela janela. Cerca de uma vez por ano, eu choro porque nunca vou saber como ele era quando filhote.

E obviamente: o relacionamento mais longo que já tive é com ele.

"Murphy!", ouço Hugo gritar à distância.

Continuo ecoando os chamados dele.

Porém sei que é inútil. Murphy está anos-luz a nossa frente.

Nunca o vi correr assim. Ele era o cachorro perfeito para mim. Sempre acompanhava meu ritmo.

Hugo trota de volta até mim, com os braços ao lado do corpo, as palmas estendidas, vazias.

"Não sei aonde ele foi", diz Hugo, ofegante, as palavras espaçadas e vazias. "É melhor a gente ligar..."

Continuo gritando por ele. Bato palmas. "Murphy! Murphy!"

"Desculpa", fala Hugo. "Caralho, Daph, desculpa mesmo."

"Murphy!"

"Daphne, me escuta."

"Murphy!"

"Eu queria que você soubesse. Eu..."

Não posso perdê-lo. Ele não pode desaparecer da minha vida. Era minha promessa, ele era a única criatura viva com quem eu tinha qualquer compromisso. Eu jurei que o manteria seguro, jurei que nunca o abandonaria, que cuidaria dele, e que em troca ele podia confiar em mim, seria sábio confiar em mim. Ele é o único que realmente precisou de mim. O único a quem fiz bem.

"MURPHY!"

Então vejo seu corpinho à distância — um borrão branco e bege.

"Murphy!"

Ele corre na minha direção. Entra no meu campo de visão, voltando para mim tão depressa que começo a chorar. Lágrimas de alívio, amor e fúria.

Murphy trota até mim. Quando se aproxima, vejo que está trazendo a coleira na boca. É a primeira coisa que o vejo trazendo de volta. Murphy chega e inclina a cabeça para mim, os olhos grandes arregalados. Então solta a coleira aos meus pés.

Voltei. Sou seu.

Eu me abaixo e o pego nos braços. Enfio o rosto em seus pelos. Sinto sua maciez, sua pulsação, o sangue correndo por seu corpo, pelo corpo dessa criaturinha. Dessa vida. Dessa enorme responsabilidade. "Murphy", sussurro.

Pego a coleira dele. Enrolo-a no pulso. Ainda estou abraçada com Murphy quando olho para Hugo e vejo no rosto dele toda a angústia que sinto. Cada pergunta impossível.

"Por quê?", digo a ele.

O rosto de Hugo está vermelho. Acho que nunca o vi chorar. Nem quando eu disse que estava doente, nem quando terminamos, nem em qualquer momento desde então. Porém agora seus olhos o traem.

"Porque", e a voz dele falha. "Eu queria que você soubesse como é."

"Como é o quê?"

Hugo balança a cabeça. "Não ter um prazo de validade." Eu me levanto. Seguro firme a coleira de Murphy. "E achou que cabia a você decidir? Achou que podia se apropriar desse tipo de poder? Hugo, você tem ideia do que fez? Vou me casar com o cara."

"É, e ele é perfeito pra você. Mas você não se casaria com ele se tivesse encontrado o outro bilhete."

Congelo na hora. Sinto o sangue esfriar. Porque eu não havia considerado essa possibilidade, não havia pensado a respeito até agora, neste instante. "Espera. Tinha outro bilhete?"

Hugo inspira fundo. Sinto seus olhos no meu rosto. "Eu estava por perto e passei na sua casa. Vi o bilhete saindo por debaixo da porta da frente." Ele para de falar por um momento e olha para o céu. "Dizia três semanas."

Três semanas. Menos de um mês. Menos que Hugo.

"Meu Deus, Hugo. Três semanas? Ele podia ser um serial killer!"

"Mas não era! E eu sabia que Kendra queria juntar vocês dois. Fora que você não é idiota. Não teria se apaixonado por um serial killer. Não teria se comprometido com ele." Hugo solta o ar. "Talvez eu só quisesse que você sentisse como era poder escolher."

"Uau, que ótimo, hein, missão cumprida. E agora eu tô me sentindo ótima. E se a gente fosse experimentar vestidos de noiva?"

Sinto a fúria faiscando nas minhas mãos, nas minhas veias, no meu peito. Murphy trota ao meu lado com a cabeça voltada para a frente, como se dissesse: *Agora vou me comportar de maneira exemplar para compensar meu comportamento anterior.* Em outras palavras: *Tenho noção do que fiz.*

"Aonde você vai?", pergunta Hugo.

"Vou embora. Chega."

"Daph, para, por favor. Isso não significa nada. Você se apaixonou."

Eu me viro e o encaro. "Me apaixonei mesmo?"

Vejo o peito de Hugo subir, mas não descer. Sinto minha própria respiração interrompida.

O momento se alonga, e então ele me diz: "Ninguém odiaria dizer isso mais do que eu", começa a responder. "Mas, sim, você se apaixonou. E agora cabe a você decidir se vai ficar com Jake. E não ao destino. Não a um papel. A você. Ninguém nunca teve chance, Daph. Não quando você não estava escolhendo de verdade. E agora alguém tem chance."

Sinto algo subindo pela minha garganta. Sinto meus olhos arderem. Eu os fecho. Quando os abro, os cantos do meu campo de visão estão embaçados.

"Eu queria que fosse você", digo. Baixo, tão baixo que fico torcendo para que ele não tenha me ouvido. "Eu queria mais tempo."

A expressão de Hugo não muda. Ele mantém os olhos fixos em mim. "Mas você ainda tem tempo", diz. Abre um sorriso. Vejo as lágrimas escorrerem por suas bochechas, deixarem rastros. "Eu ainda estou aqui."

Trinta e cinco

Quando chego em casa, não tenho ideia do que fazer. Me sinto indômita, furiosa, inflamada. Não sei para onde direcionar toda essa intensidade.

Três semanas.

Penso no meu terceiro encontro com Jake, no nosso primeiro beijo no apartamento dele, neste apartamento, quando fez o jantar e ficamos aproveitando a vista de Los Angeles. Aquilo tinha sido um quase término? Eu só não tinha enxergado porque não estava esperando que fosse acontecer? Eu estava convicta de que se tratava de uma continuidade. Caso contrário, em que ponto teríamos terminado? Mas depois penso: como eu teria criado um ponto para terminar com ele?

Eu me sento no sofá marrom-claro. Jake tem sido maravilhoso tentando deixar este apartamento com a minha cara também. Me perguntou se tinha alguma coisa que eu queria tirar do depósito, se havia algum móvel que eu odiava e que preferiria que ele dispensasse. Mas eu disse que estava tudo bem, que o que temos aqui está bom, o que sei que o incomoda um pouco. E entendo. Se esse lugar não for meu, se eu não o tornar meu, então continuará sendo só dele. Nunca será minha casa de verdade.

Murphy vai até a caminha diurna dele perto das portas de vidro e se deita ao sol. Sabre abana o rabo, colidindo-o contra o sofá, porém continua ali. Vou para a cozinha e encho um copo com água da torneira.

Três semanas.

Desde que eu me entendo por gente, minha vida amorosa tem sido do tipo "ou tudo ou nada". Os filmes retratam o casamento como um acontecimento mágico depois que um personagem conhece alguém que foi feito para ele. A certeza é inabalável. Os personagens têm convicção do que querem. Sabem no mesmo instante; dizem sim sem hesitar. Já eu tinha algo ainda melhor. Não uma sensação, mas uma prova.

Mesmo com o ar-condicionado do apartamento ligado, o sol entra pelo vidro. Tiro o vestido e o jogo na bancada.

Sou bagunceira, penso. E escondo isso dele. Não porque ache que Jake não vai me amar, mas porque ele merece coisa melhor. Merece mais que uma mulher que larga a roupa na bancada. Merece alguém com cestas, gavetas e etiquetas. Alguém que seja mais adulto e compreenda a importância da ordem. Alguém que seja capaz de manter tudo organizado.

Vou até o banheiro. Um espelho cobre toda a parede acima da pia, e vejo meu reflexo nele. Estou suada e desgrenhada.

Quero me virar de costas. Normalmente eu me viraria. Quero tirar o sutiã e a calcinha e entrar no chuveiro, deixar o vapor embaçar o espelho e afugentar qualquer reflexo. Encher o banheiro de fumaça líquida.

No entanto, fico parada ali, olhando.

Uma cicatriz desce pelo meu esterno e tem outras duas acima do meu seio esquerdo. Também tenho aí hematomas antigos que nunca saram. Eles coçam e às vezes queimam. Não são meras manchinhas. Levo os dedos ao peito e os recolho depressa. Antes que façam contato com meu corpo, eu me sobressalto. Nunca reparei, nunca mencionei, mas é claro que é verdade. Não consigo pôr a mão nesses pontos do meu corpo que doem. Não consigo encostar meus próprios dedos na minha pele.

Ainda não estou pronta, penso. Não estou pronta para pôr as mãos onde sou mais vulnerável, para sentir com os dedos o que foi feito comigo.

Então não bota a mão, penso. *Só olha.* Eu me forço a olhar para os meus próprios olhos no espelho. Me forço a ver a pessoa que me encara. Arruinada, distorcida, desgraçada. Destroçada. Penso em todas as vezes em que me vesti depressa, todas as vezes que usei blusa de gola alta no verão, todas as vezes em que me recusei a encarar meu próprio corpo. Todas as vezes em que o entreguei a pessoas que não se importavam com ele.

Eu não conseguia olhar para ele porque achava que ver meu corpo implicaria ter que reconhecer a verdade: que eu tinha sido remexida, que nunca mais teria tudo no lugar, nada mais seria firme, porra, que eu não era mais *feminina*. Porém eu estava errada. De pé, aqui, agora consigo enxergar. Toda a realidade gloriosa que faz de mim quem eu sou. Uma pessoa inteira. Inteira e meio danificada, costurada, suturada e grampeada, mas ainda assim inteira.

Às vezes, a gente tem que ser escancarado. Às vezes a gente tem que ser escancarado para que algo de bom entre em nós. O que eu vejo agora, emergindo no espelho, é uma verdade simples: aprender a ser quebrada é aprender a ser inteira.

Levo as mãos ao coração. Elas pairam sobre ele. Como beija-flores em uma fonte.

"Não vou a lugar nenhum", digo. Em voz alta. O cômodo é pequeno e eu falo baixo, mas pronuncio cada palavra mesmo assim. "Não importa o que aconteça, nunca vou abandonar você."

Trinta e seis

Quando morei com meus pais, durante todos aqueles anos de adolescência estendida, meu pai e eu tomávamos café juntos todo dia de manhã. Ele gosta de acordar cedo, antes de o sol nascer, e, como na época eu andava dormindo mal, o movimento na cozinha acabava me tirando da cama para ir me sentar ao lado dele à mesa. Não falávamos muito, permitindo um ao outro despertar devagar.

"Eu costumava detestar acordar de manhã cedo porque significava que logo precisaria me apressar para sair de casa. Até que percebi que, como não é possível alongar o dia, posso começar a minha manhã mais cedo", meu pai me disse uma vez.

Não cheguei a virar uma pessoa matinal. Só acordava para ver o sol nascendo naqueles poucos anos confusos. Mas, analisando tudo em retrospecto agora, acho que talvez esteja marcando bobeira. Talvez ele esteja certo.

Apareço na casa dos meus pais às sete da manhã do dia seguinte e bato de leve na porta. Ouço os passos do meu pai, e logo ele está ali — com os olhos turvos e o cabelo despenteado feito Einstein.

"Daphne", ele diz. "Que foi?"

Uma pergunta normal. Porém não respondo. Só começo a chorar. Sinto que expiro, expiro e expiro — que solto tudo. Os últimos cinco meses, os últimos cinco anos, a última década em que fui forte e estoica, nunca me permitindo pensar na realidade da minha situação ou de sequer senti-la. Exalo tudo o que vinha segurando. Minha saúde, meu coração, os bilhetes.

"Meu amor", diz ele. Me envolve num abraço. Me mantém junto ao próprio corpo. Sinto cheiro de pasta de dente, café e pele amanhecida. "Entra."

◆

Estou sentada na bancada da cozinha dos meus pais. Meu pai pega uma caneca do armário sobre a pia e me serve café. Completa com um pouco de creme — café mate com sabor de Irish Crème — e mexe com uma colher. Então passa para mim.

"Você está triste", diz ele.

Tomo um gole. Está quente e doce. "Isso é óbvio." Sorrio por cima da borda da xícara. "Sei lá", falo. Engulo. Então solto: "Não sei se quero me casar".

É a primeira vez que reconheço isso em voz alta. Talvez seja, inclusive, a primeira vez que me permito pensar nisso, palavra por palavra, em sequência.

A reação de meu pai é visível. Uma expressão de surpresa toma conta de seu rosto, então ele se esforça para ser prático. "Entendo", diz ele. "O que aconteceu?"

"Não sei direito", digo.

"Bom", diz meu pai. "Acho que você sabe, sim. Ninguém diz algo assim sem ter pensado um pouco antes. Me explica."

Seguro a caneca com as duas mãos. Bato as unhas contra a cerâmica azul. Meus pais compraram essas canecas em Seattle. Eu me lembro disso porque foi a única viagem que eles fizeram nos últimos dez anos.

241

Você não foi a única que precisou fazer sacrifícios, penso.

"Sei que é estranho, mas, quando fiquei doente, tudo pareceu fazer sentido. Era como se sempre tivesse sido meio diferente, como se eu me comportasse de um jeito diferente, minha vida fosse diferente. Eu achei que merecia o que estava acontecendo. Mas agora... não quero mais me punir."

Meu pai concorda com a cabeça. Está fresco na cozinha, e ele continua com o roupão por cima do pijama. É um roupão atoalhado e com flores azuis. Minha mãe tinha encomendado um listrado no catálogo, mas acabaram mandando esse. Me lembro do meu pai dizendo: *Por que eu não usaria? Gosto de flores também.*

"O que mudou?"

"O tempo passou?", digo, embora desconfie de que seja mais do que isso. Talvez seja algo diferente, uma força invisível.

"Jake é um cara legal", comenta meu pai. "Seria legal ter ele na família."

Sinto meu estômago se revirar, mas procuro me controlar. Sei que, no fim, meu pai só quer que eu tenha alguém para cuidar de mim quando ele não puder mais. Quem pode culpá-lo? Porra, isso já seria motivo suficiente para eu me casar.

"Eu sei", digo. "Ele é gentil e atencioso, sempre deixa a tampa da privada abaixada. É perfeito, na verdade."

Meu pai toma um gole de café e volta a olhar para mim. "De fato" responde ele. "Mas isso não importa muito se ele não for o homem perfeito para você."

Penso em quando Jake me pediu em casamento no Moonshadows, em toda a esperança que havia no coração dele — em toda a esperança que ele me *ofereceu*. E que eu aceitei. Porque eu também a queria. Agora, essa esperança parece tão pesada que não consigo mais encará-la. Quero leveza.

"Ele está disposto a assumir toda essa bronca", digo. "E não é justo."

"O que você não acha justo, exatamente?", meu pai pergunta, com gentileza na voz.

Sinto minha garganta se fechar. Não gosto de falar sobre meu coração com meu pai. Não porque seja doloroso para mim, mas porque deve ser doloroso para ele. Não gosto de lembrá-lo de que nada disso é justo com ele também. No entanto, ignoro tudo isso agora. Porque preciso pôr para fora. "Não é justo que eu vá abandoná-lo. Que eu o esteja forçando a aceitar tudo isso. Que não possa prometer para ele que o dia de amanhã vai existir."

Vejo meu pai absorvendo a seriedade de tudo isso. Ele deixa a caneca de lado. Dá a volta na bancada e apoia as mãos nos meus ombros. Olho em seus olhos castanhos, calorosos e atenciosos. Vejo muito ali — as rugas em sua testa, o cabelo grisalho nas têmporas. Os sinais de alguém envelhecendo, o modo como a vida vai afinando, afinando, até se tornar translúcida.

"Franguinha..." As rugas em volta de sua boca tremem. Dá para ver que não é fácil para ele dizer o que está prestes a dizer. "Penso em você o tempo todo. Na maior parte do dia, na verdade. Mesmo quando estou fazendo outra coisa, quando estou no mercado ou correndo, penso em você. Penso em como quero que fique bem. Eu daria qualquer coisa em troca disso. Rezo por isso toda noite. Já faz treze anos. Se você soubesse os acordos que já tentei fazer com o universo..." A voz dele falha, e os olhos se enchem de lágrimas. Ele balança a cabeça. "Não passa um dia sem que eu deseje que isso tivesse acontecido comigo. Que inferno, deve ter sido algum engano, Daphne. Deveria ter sido comigo."

"Pai..."

"É isso que a gente faz pelos filhos. Deseja que tivesse acontecido com a gente."

Sinto o calor de suas mãos fortes e firmes.

"Mas a verdade, Daphne, é que ninguém sabe quanto tempo você tem. Nem você. Nem sua mãe. Nem eu. Nem Jake. A vida é assim. Estamos todos morrendo. Cada dia um pouco mais. E, em algum momento, isso acaba virando uma escolha. O que você vai fazer hoje? Vai viver ou vai morrer?"

Meu pai me encara firmemente. Com a expressão branda. De uma maneira que só posso descrever como honesta. Talvez seja a primeira vez, em mais de treze anos, que o convido a me revelar seu sofrimento.

"E, meu amor", diz ele, "tudo o que desejo para você e para todos nós é que escolhamos viver. Viver intensamente. Pelo tempo que for."

Lágrimas rolam pelo rosto dele. Só vi meu pai chorar uma vez, muitos anos atrás, no silêncio do quarto do hospital.

Minha mãe estava dormindo em uma cadeira. Precisaram fazer vários exames em mim no começo, e eu vivia exausta. Eu me sentia passando por uma névoa que nunca clareava.

Acordei, mas mantive os olhos fechados, e ouvi meu pai ao meu lado. Não. Eu o senti. Senti a mão dele na minha, ele sentado ao lado do leito, depois seus lábios nos meus dedos e a umidade de suas lágrimas. Mantive os olhos fechados enquanto meu pai chorava na minha mão.

"Por favor", eu me lembro de tê-lo ouvido sussurrar. Só essas palavras. *Por favor.* E depois: "Minha filha, minha menina".

Dava para sentir a profundidade de seu sofrimento. Eu me lembro de ter pensado que não queria ver ninguém assim vulnerável nunca mais. Me lembro de ter pensado: *Que assustador.*

Olhando para o meu pai diante de mim neste momento, percebo tudo o que venho negando às pessoas que me amam. Eu não queria que soubessem quando eu sentia dor ou tinha falta de ar. Não queria que soubessem se a medicação nova me deixava cansada ou ansiosa. Não queria que soubessem que eu pensava naquilo — na quantidade de tempo que ainda me restava. Não queria ver minha doença refletida no rosto deles. Mais do que isso, não queria ver a fraqueza deles. Não queria sentir a humanidade deles, a ternura, o coração partido. Porque isso confirmaria tudo, tudo o que eu temia. Que as coisas eram tão sérias quanto eu desconfiava que eram. Que eu estava encrencada nesse nível.

Não é tão ruim, penso, enquanto vejo meu pai chorar na minha frente. *Dói, magoa, mas não é tão ruim.* "Dor" e "ruim" não são sinônimos.

Pensei que, se eu tivesse todas as respostas, se estivesse sempre um passo à frente, se soubesse que cartas tenho na mão, nunca perderia. No entanto, ser surpreendida pela vida não é perder, é viver. É confuso, desconfortável, complicado e lindo. Tudo isso faz parte da vida. A única maneira de errar é se recusando a viver.

Olho para o meu pai e vejo o homem que estava naquele quarto de hospital tantos anos atrás — aberto e ferido. Só que, onde no passado havia impotência, hoje identifico outra coisa. As lágrimas que vejo hoje não são de desespero, mas de reconhecimento — de tudo o que aceitamos. De tudo o que ainda não sabemos.

"Ele quer me proteger", digo. "O Jake. Mas não pode."

Meu pai ri. É uma risada gentil. Uma risada que escapou. Uma risada que parece um salto sobre a tristeza. "Depois que meu pai morreu, sua mãe me disse uma coisa que repetiu durante todos aqueles anos depois do seu diagnóstico também, nos momentos em que, nossa, eu precisava ouvir." Ele solta o ar. "O amor é uma rede."

Meu pai olha na minha direção. Vejo doçura em seus olhos. Lá dentro encontro a enormidade de seu sofrimento, a enormidade de seu amor.

"Sua mãe me dizia o tempo todo que nosso amor importava, que ele tinha o poder de segurar você, que *já estava segurando*." Ele balança a cabeça. Vejo sua boca se mover, desigual, derrotada. "Então, não, ele não pode te dar mais quarenta anos, mas o amor é a força mais poderosa que existe. Se acha que proteção não faz parte do que ele pode fazer, está errada."

Eu me recosto. Puxo o ar.

"Não sei o que fazer", digo.

"Minha filha..." Meu pai aperta minha mão. Com força e segurança. "Claro que sabe." Ele sorri para mim. Existe um brilho em seus olhos. "Vai fazer o que o seu coração mandar."

Trinta e sete

Encontro Jake no estacionamento da Ocean Avenue, que fica a uma caminhada curta da praia de Santa Monica. Ele chega em seu velho Chevy detonado.

"Não quebrou nenhuma vez na interestadual 10", diz Jake. "É um novo recorde. Ainda não faço ideia de por que vou com esse carro pra todo lado."

Ele está de short cáqui e camiseta azul de manga comprida. Seu cabelo parece avermelhado ao sol.

"Pois é, por que continua usando ele?", pergunto. Enfio as mãos nos bolsos do short jeans. Sinto um tremor nelas.

Ele olha para o carro — que é praticamente uma pilha de sucata, de verdade — e depois para mim. Mas antes que ele abra a boca, percebo que já sei a resposta.

"Ganhei dela no meu aniversário de vinte e dois anos", diz ele. "Sempre foi capenga. Mas adoro essa lata velha. Adoro dirigir rápido, com a capota baixada, o que sei que é coisa de babaca. Mas esse carro me parece vivo, entende?"

Faço que sim com a cabeça.

"Vamos andando?", pergunto.

Ele segura minha mão e atravessamos a rua para pegar o caminho que leva ao mar. São quase seis da tarde, e o sol continua alto, banhando toda a praia com sua luz.

"Acho que quatro e meia é perfeito", diz Jake quando chegamos. "Assim vamos ter pelo menos uma hora, mesmo no outono."

A cinquenta passos de distância, o mar boceja e exala. Não tem ondas de verdade nessa parte da praia. É perfeita para crianças pequenas e para praticar stand up paddle.

A areia está úmida e pesada. Quando meus pés afundam, movimento os dedos e deixo que os envolva.

Li uma vez que há mais estrelas no céu que grãos de areia na terra. Me pareceu impossível. As coisas que não podemos ver sempre parecem impossíveis.

"Jake", digo, e aperto sua mão.

O que mais me marcou na noite em que conheci Jake foi que eu estava com pressa. Tinha conseguido sair do trabalho só quinze minutos antes do horário em que precisava sair. Não tinha tido tempo de tomar banho, não tinha tido tempo nem de pensar no que vestir. Não estava com muita vontade de ir. Tem uma coisa que acontece quando se está solteira há tempo demais: você decide como vai ser antes da experiência em si. Eu imaginava que Jake fosse ser legal. Mas que não teríamos muita química. E que teria sido melhor passar a noite no sofá com Murphy.

E então recebi o bilhete. Como é mesmo aquela frase? "O maior medo do homem não é ser inadequado, mas ser poderoso além de qualquer medida"? Algo assim. Nunca entendi direito, mas agora entendo. Porque poder envolve responsabilidade.

A vida toda esperei pelo bilhete que fosse me dizer que a hora tinha chegado. Que a estrada longa e cheia de obstáculos chegava ao fim. Que *ele* finalmente estava ali. No entanto, quando aconteceu, só senti medo. Medo de que ele não fosse como eu havia imaginado. Medo de não estar pronta. Medo de não me sentir como deveria. Medo de ser capaz de estragar até aquilo que estava destinado para mim. No entanto, o que eu mais temia, talvez, fosse o fim. É difícil ser solteira, mas você acaba ficando boa nisso. E eu era boa nisso.

É fácil amar as coisas em que somos bons.

"Que foi?" Ele entrelaça os dedos nos meus.

Sim, eu queria um amor épico. Do tipo que fizesse os joelhos fraquejarem, do tipo beijo na chuva, que nem nos filmes. O que nunca havia me dado conta até aquele momento é de que já tinha tudo aquilo, já tinha o que vinha pedindo. Já andara na garupa de uma moto em Paris, já atravessara a Golden State Bridge com o sol nascendo. Já fora até a praia em Santa Monica para ver o sol se pôr. Minha vida estava cheia de momentos mágicos, só que eu estava tão ocupada esperando que eu não percebia que já estavam acontecendo.

Como fui tola, penso. Tento me agarrar ao momento presente. Tento mergulhar nas profundezas dele. E ali, no reflexo da água, bem no fundo, vejo que sei o que preciso fazer a seguir.

É fácil demonstrar surpresa por alguma coisa que já está esperando, porém isso se torna impossível quando a verdade vem à tona.

"Não posso me casar com você", digo. Eu me vejo na superfície — tossindo, cuspindo água, meus pulmões ganhando uma nova vida.

Jake se vira para olhar para mim. A mão dele continua na minha.

"Daphne."

"Eu sei", digo. "Acredita em mim, eu sei. Já fiz coisas bem ruins na vida, mas essa é a pior de todas. E é idiotice, pra completar. Você é o cara certo. Você é claramente o cara certo."

Penso em Jake pela manhã, me levando um café espresso e água com limão espremido na hora. Penso nele fazendo o jantar para nós. Penso em como ele sabe consertar a torneira pingando e em como agora separa meus remédios para mim, todos os dias, em um pratinho amarelo na forma de uma carinha sorrindo. Como se dissesse: *Vamos fazer isso de um jeito alegre*. Ou como se dissesse: *Aqui tudo é bom*.

"Passei um longo tempo procurando por você", digo. "E quando encontrei senti que tinha tanta sorte em ter você que não percebi que estava errada."

"Estava errada em que sentido?" Ele balança a cabeça. "É por causa do lance dos filhos? Tá tudo bem. A gente não precisa ter filhos. Eu só queria conversar sobre..."

"Não", digo. "E sim. Você quer ter filhos. E tudo bem. Você também precisa ter o que quer, Jake."

"Eu nunca disse isso. Você está distorcendo minhas palavras. Eu só queria ter uma conversa franca com você. Quando a gente vai se casar, é normal falar sobre..."

"Mas eu não sei se é o que eu quero. Nem sei se posso. E preciso aceitar isso, mas você não precisa." Olho para Jake. Vejo dor em seu rosto.

Dor não é ruim.

"Você não teve como salvar sua esposa, Jake. E sinto muito por isso. Sinto muito por você. Mas não vai compensar isso tentando me salvar."

Jake passa a mão pelo rosto. "Que coisa mais merda de dizer", solta.

"É mesmo. Mas não estou errada."

Sinto que ambos cedemos ao peso do momento. Tudo parece se assentar. Então, de uma vez só, o impulso de mudar de ideia me vem. De voltar atrás. Nunca vou encontrar alguém tão perfeito para mim. Nunca vou encontrar alguém tão compreensivo. Estou estragando tudo. Estou estragando tudo porque ainda não sei como sustentar esse relacionamento e a mim mesma ao mesmo tempo.

"Pela primeira vez na vida, fui honesta com as pessoas a minha volta sobre quem eu sou", digo. "Não sei como é viver sem pedir desculpas a mim mesma ou por ser quem sou. Preciso descobrir."

Jake assente.

"Parece que isso não está acontecendo", fala ele.

"Eu sei."

Ele arrasta um pé para a frente e para trás, abrindo um caminho na areia.

"E agora?", pergunta Jake.

Eu costumava achar que o desconhecido era impossível — que tudo o que trazia era dor, medo e um relógio piscando, contando os minutos. Agora, sei que não é verdade, ou pelo menos que não é a única verdade. O desconhecido também pode ser lindo. Uma surpresa também pode vir na forma de flores na sua porta. Ou de um bilhete que acaba mudando a sua vida.

O que é um espaço vazio senão um convite?

Jake aperta o espaço entre os olhos e os fecha com força. Vejo tudo ali — a mágoa e a descrença. De acabar assim. De ter que recomeçar.

"Você merece algo mais fácil, alegre e descomplicado", digo.

Ele olha para mim. Vejo o verde em seus olhos, refletindo a água. "Mas não quero isso", diz Jake. "Quero você."

Somos poderosos porque afetamos a história uns dos outros, todos nós. Estamos aqui para impactar uns aos outros, trombar uns com os outros, desequilibrar uns aos outros, às vezes até desviar o outro do caminho. Sempre odiei a frase "Há uma razão para tudo". Como se minha doença estivesse embutida na minha história, como se fosse inevitável, como se fosse algo bom, e não algo que eu dispensaria em um instante se pudesse. No entanto aqui, vivendo este momento, penso que, mesmo que não haja um motivo para tudo, pode ser que haja um motivo para cada um de nós.

"Você quer isso, sim", digo. "Só não sabe ainda. Faz tempo que está acostumado com a dureza."

Jake enfia as mãos nos bolsos. O sol está se pondo. O laranja e o rosa dão lugar ao azul. Ao fim de um dia quente, a brisa bate na praia. Mais vinte minutos e vamos precisar de agasalhos.

Então um grupo de adolescentes passa por nós. Vestem jeans caídos e moletons com capuz, todos com um par de botas Doc Martens pretas amarradas pelos cadarços e penduradas nos ombros como se fossem patins.

Arregalo os olhos. Então os direciono para Jake. Ele também nota e pega o caderninho e a caneta do bolso de trás. Parece incrédulo. Anota alguma coisa.

Eu o avalio. Enquanto rabisca alguma coisa, vejo seu pomo de adão se mover.

"Por que você faz isso, hein?", pergunto. "De verdade."

Jake tampa a caneta e a guarda com o caderninho no bolso. Quando levanta o rosto, seus olhos estão vermelhos.

"Claro", digo.

Uma piscadela. Um sorriso. *Estou de olho em você*, ou *Vai ficar tudo bem*.

O amor é uma rede. Que pode te pegar mesmo depois que a pessoa não esteja mais aqui.

"Quando estiver pronta", Jake diz, olhando para o mar, "alguém vai ter muita sorte."

Sinto o mar exalar. Entrega, aliviado, à costa aquilo que não suporta mais.

"Vamos ver", digo.

Ele assente. "Vamos ver."

Trinta e oito

Kendra e eu estamos tomando chá no deque de Irina. Lá dentro, a dona da casa se serve de uma taça de vinho. Eu a vejo abrir a geladeira, pegar uma tigela de frutas e vir se juntar a nós. O quintal dela é todo de pedra — com piso de ardósia, bancos embutidos e uma parede coberta de plantas. Tem um buraco para acender fogueira no meio, mas já está fazendo bastante calor, então não é mais necessário. O quintal de Irina é meu oásis preferido. Uma mistura profana de spa, floresta de sequoias e jardim inglês.

"Fisális", diz Irina. Então apoia uma tigela cheia de framboesas e de umas frutinhas redondas e douradas. "Têm baixo índice glicêmico e são excelentes para o fígado." Ela sorri para nós.

Coloco uma na boca. É azeda e doce ao mesmo tempo. Tem quase a consistência de uma uva verde, porém é mais suculenta.

"É gostosa", digo.

Kendra experimenta uma. "É estranha."

"Estranha e gostosa é minha combinação preferida" diz Irina. Então vem se sentar ao nosso lado no banco de pedra com almofadas e cruza as pernas. Está vestindo jeans e blusa de frio — um look casual, raro para ela. "E aí, como você está?"

As duas se viram para me olhar. Estamos aqui, no quintal de Irina, porque voltei a ser solteira. Ou melhor: a intenção da noite é abordar essa realidade.

"Bem. Peguei minha última caixa na quarta."

Meu antigo apartamento já tinha sido alugado, mas o proprietário, Mike, tinha outro à disposição no mesmo quarteirão. Não é tão grande quanto o anterior, mas acabou de ser reformado e pintado, e com só um quarto das minhas coisas nele parece quase espaçoso.

"Como foi?", pergunta Irina.

"Ele me odeia."

"Para... ele não te odeia", responde Kendra. "Ele te ama. É difícil não ficar com alguém que a gente ama."

Tomo um gole do chá de hortelã.

"No momento ele não está passando a impressão de me amar, não", digo.

Quando fui buscar a última caixa, Jake não estava lá. Tinha deixado um bilhete: *Seus tênis estão no armário do corredor.*

Só. Nem se dera ao trabalho de tirar os tênis do armário. No entanto, eu não podia culpá-lo.

"Ah, e como caralhos ia saber disso?", pergunta Irina. "Você é uma criança."

"Na verdade, não sou", digo.

Ela não me dá importância. "Você sabe que amor não basta, porque eu já te falei, mas isso é só o básico. Todo mundo sabe. Você precisa de água, comida e papel higiênico, pra começar. Claro. O que ninguém diz é o que o amor realmente *é*." Irina descruza as pernas e se inclina para a frente, apoiando os cotovelos nos joelhos. "Penelope e eu já passamos por praticamente todas as variações dessa dancinha. Já namoramos, nos casamos, nos separamos, ficamos amigas. Experimentamos todos os tipos de amor de que se fala, em uma centena de sentidos diferentes. O segredo do amor é: vocês conseguem morar juntos?"

Kendra começa a rir. Eu me viro para ela. "O que foi?"

"Acabei de me lembrar do seu primeiro casamento", Kendra diz para Irina. "Você apareceu com aquela jiboia, e todo mundo achou que era de verdade."

"Era de verdade", diz Irina, parecendo cansada. "Só estava dormindo."

"Mas Irina tem razão", Kendra me diz. "Joel e eu não damos certo porque fomos feitos um para o outro, mas porque eu sinto que posso ser as piores e mais impossíveis versões de mim mesma quando estou com ele. Posso mudar. E não é nem porque eu sei que ele vai continuar me amando, mas porque ele nunca nem demonstrou que deixar de me amar é sequer uma possibilidade para ele."

"Não tenho a menor ideia do que vai acontecer agora."

Kendra me abraça. Irina pega sua taça de vinho.

"Agora a gente vai pra Itália", diz Irina.

"Itália?"

Meus olhos passam de Irina para Kendra, que dá de ombros.

"Estou produzindo um filme novo, *Oceans*, talvez você tenha ficado sabendo. E quero que vá comigo. Mas não como assistente", completa Irina. "Como produtora."

Meu queixo cai. Literalmente.

"O que foi? Não percebeu ainda que é isso que você vem fazendo? Fez anotações, cuidou das agendas e montou um orçamento para o nosso último filme. Escuta, ninguém mais do que eu gostaria que você fosse minha assistente para sempre, mas é hora de pensar no futuro, Daphne. Você já está fazendo o trabalho de uma produtora. É só questão de oficializar isso."

"Eu..."

"Nunca tive uma funcionária tão determinada, competente e que tivesse tanto talento para a coisa..." Irina olha para Kendra. "E, honestamente, isso deveria te ofender um pouco."

Kendra ri. "Estou ofendidíssima."

Irina volta a se concentrar em mim. Olho para o rosto dela. Para as sobrancelhas erguidas, o batom bem vermelho. Ela tem um sorrisinho nos lábios.

"Então o que me diz?", pergunta ela.

É o sim mais fácil que já disse na vida.

Trinta e nove

DAPHNE

UM ANO E QUATRO MESES DEPOIS

Estou carregando uma sacola de compras, uma bolsa e um chá gelado quando o celular toca. É Hugo.

"Oi", digo. "Oi! Estou quase derrubando uma bebida bem gelada e bem grande."

"Já estou até imaginando a cena. Cadê você?"

"Em Little Santa Monica."

Estou andando até o Le Pain Quotidien entre a Camden e a Bedford, em Beverly Hills. Está ventando forte, como sempre venta no outono. Estamos na terra do vento de Santa Ana, que levanta tudo. Pó, sujeira, saias, os problemas que ficaram no ano passado. Tudo vem à tona.

"Achei que fosse ter um encontro importante."

Sorrio. Ajeito a bolsa no ombro. "Já falamos sobre isso", digo. "Não é um encontro. É só um café."

"Ele sabe disso?"

"Sabe", digo.

"Então é melhor se apressar. Se chegar atrasada ele pode achar que não está assim tão interessada."

"Hugo!", digo. "Não são nem duas e meia. E sua ligação não está ajudando. Agora eu vou desligar, tá?"

Hoje eu estava precisando de cafeína — por isso o chá gelado —, mas agora estou agitada. As bolhas no meu estômago sacolejam e começam a estourar. Nos cinco meses que passei em Roma, peguei o costume de tomar café espresso e estou com dificuldade de largar.

"Ainda não", ele diz. "Tenho mais coisas pra falar."

Estou na esquina da Camden. Olho mais adiante no quarteirão, para o restaurante do lado esquerdo. Penso no que me aguarda ali.

O tempo é uma coisa engraçada. A maneira como tem a capacidade de se prolongar e se encurtar. Como seis anos podem se passar em um piscar de olhos, enquanto um momento dura uma década.

"Tá", digo. "Mas já aviso: estou quase chegando."

Volto a andar. Logo, chego do lado de fora do restaurante. Tem algumas mesas na calçada. Um casal de sessenta e poucos divide um sanduíche, duas adolescentes tomam café gelado.

Olho lá dentro, através do vidro, e lá está ele. Fazendo sinal para o garçom e rindo. Vejo como suas pernas estão relaxadas e em repouso, os gestos simpáticos que faz com os braços. Fico impressionada pelo fato de que ainda existem histórias novas a contar. De que nem tudo já é conhecido, nem tudo foi explorado. De que há coisas grandiosas e maravilhosas por vir. De que nada foi prometido, e no entanto... no entanto...

Estou prestes a entrar quando sinto alguém colocar a mão em meu ombro.

"Licença, moça?"

Eu me viro e vejo uma mulher. Deve ter cinquenta e poucos anos e usa camisa azul e calça preta de corte largo nas pernas.

"Acho que deixou cair isso aqui."

Ela estende um papel para mim. Do tamanho de um cartão-postal. Penso na caixa debaixo da minha cama. Que ainda mantenho lá. Em todos os bilhetes dentro dela. Hoje em dia são quase como fotografias que remontam a um passado. Cada um deles conta uma história, pela qual sou grata. *Sem vocês eu não teria tudo o que consegui em seguida*, penso. A mulher continua estendendo o papel na minha direção. Bem ali, em seus dedos. E, quando vejo a expectativa em sua expressão, começo a rir.

A princípio, a mulher fica confusa. Que estranho! Por que seria engraçado? Então ela se junta a mim.

A alegria é algo contagiante, penso.

Eu o pego e ela vai embora, acenando por cima do ombro. "Um bom dia pra você!", grita a mulher.

Poderia ser uma conta ou um número anotado às pressas — qualquer coisa vinda do fundo da minha bolsa. Também poderia não ser.

"O que rolou?", pergunta Hugo, do outro lado da linha. Não respondo.

Seguro o papel entre os dedos — essa promessa, essa premonição —, e, quando estou prestes a abri-lo, o vento o agarra. Ele o arranca da minha mão. Carrega-o para longe, para a rua, e o faz se misturar a outros itens perdidos — recibos, embalagens, envelopes, doces, aquele cigarro esquecido, miolos de maçã.

Penso em tentar pegá-lo de volta, em ir atrás dele. Talvez conseguisse alcançá-lo, se fosse rápida, se agisse *agora*. Mas fica tarde demais — o momento passa, e o papel se torna indistinguível no meio de tudo o que o cerca.

Olho para o redemoinho de poeira, papéis e sujeira. As pessoas cobrem o rosto. Uma mulher briga com um guarda--chuva.

"Ai!", diz ela. "Que tempo!"

Sorrio para a rua.

Tchau, penso, embora essa não seja a palavra certa. Quero dizer outra coisa, algo que não pode ser transmitido por uma única expressão. Algo que não é, de modo algum, um fim.

Então eu me viro para a porta e entro.

Ouço a voz de Hugo ao telefone. Calma, firme e familiar. "Você está linda", diz.

Eu não havia percebido que ainda estava segurando meu celular no ouvido. Então ele se levanta da cadeira próxima à janela e vem até mim. Tira o aparelho da minha orelha e da minha mão.

"Oi", diz ele.

"Oi."

Ficamos assim, sorrindo um para o outro, até que uma garçonete chega. Estamos no caminho, poderíamos, por favor, nos sentar? Hugo estende um braço e faz um gesto na direção da própria mesa — com um café pela metade e uma jaqueta de couro no encosto da cadeira. Penso na primeira vez que nos vimos, naquele estacionamento, tantos anos atrás. No quanto tudo mudou, e depois mudou de novo. Eu nunca imaginaria isso. Não tinha ideia do que aconteceria agora.

"Aqui estamos nós", diz ele, meio nervoso, até meio sério.

Aqui estamos nós.

Agradecimentos

A minha agente, Erin Malone, sem a qual eu não teria nada disso. Conseguimos superar nossos sonhos mais malucos há um bom tempo e seguimos em frente. Amo cada coisa que envolve fazer isto com você.

A minha editora, Lindsay Sagnette, a melhor parceira e companheira de equipe. Obrigada por sua fé cega e inabalável em mim, em minhas palavras e no meu futuro.

A minha publisher, Libby McGuire, que é simplesmente a melhor do mercado.

A Jon Karp, por continuar fazendo da Simon & Schuster um lar tão maravilhoso.

A Dave Stone, meu empresário, que conduz minha carreira com muita inteligência, graciosidade e humildade.

A Dana Trocker, pelos fatos nus e crus.

A Ariele Fredman, de novo, e a Falon Kirby — muito obrigada.

A Jade Hui, Alexandra Figueroa, Caitlin Mahony, Matilda Forbes Watson e Alicia Everett pelo apoio, tempo, entusiasmo e pela compaixão.

A Hilary Zaitz Michael e Chelsea Radler por acreditar que essas histórias precisam ser contadas em outros meios.

A todo mundo da WME e da Simon & Schuster que trabalha tanto por mim e por meus romances. Minha gratidão é infinita.

A Leilani Graham, por seus olhos de lince e sua enorme generosidade.

A Wednesday Crew e também Murphy. Nossa comunidade é cinco estrelas.

Aos meus pais, que são um verdadeiro presente na minha vida.

E a você. Passei um longo tempo solteira. Quando comecei a trabalhar neste romance, disse a minha editora: "Quero escrever um livro sobre a procura do amor, e acho que, se escrever com honestidade, ele vai acabar me encontrando no fim". Quando terminei, voltei a escrever para ela: "Sabe aquela notinha que eu escrevo para os meus leitores no fim de cada um dos meus livros? Desta vez, a notinha é o próprio livro". Tudo o que queria dizer sobre essa jornada incrivelmente sinuosa, coloquei nestas páginas. Todos os capítulos de Daphne importam, assim como todos os meus importaram, assim como todos os seus importam.

Por acaso, ele acabou mesmo me encontrando no fim, mas essa é uma história para outro momento...

TIPOGRAFIA Adriane por Marconi Lima
DIAGRAMAÇÃO Osmane Garcia Filho
PAPEL Pólen Natural, Suzano S.A.
IMPRESSÃO Gráfica Bartira, junho de 2024

A marca fsc® é a garantia de que a madeira utilizada na fabricação do papel deste livro provém de florestas que foram gerenciadas de maneira ambientalmente correta, socialmente justa e economicamente viável, além de outras fontes de origem controlada.